我的动物朋友

自然纪事

〔法〕儒勒·列那尔 著
〔法〕皮埃尔·勃纳尔 绘
徐知免 译

人民文学出版社
PEOPLE'S LITERATURE PUBLISHING HOUSE

图书在版编目(CIP)数据

自然纪事/(法)儒勒·列那尔著;(法)皮埃尔·勃纳尔绘;徐知免译.—北京:人民文学出版社,2021
(我的动物朋友)
ISBN 978-7-02-014912-4

Ⅰ.①自… Ⅱ.①儒… ②皮… ③徐… Ⅲ.①散文集-法国-近代 Ⅳ.①I565.64

中国版本图书馆CIP数据核字(2019)第015817号

责任编辑　卜艳冰　周　洁
装帧设计　李　佳

出版发行　人民文学出版社
社　　址　北京市朝内大街166号
邮政编码　100705
网　　址　http://www.rw-cn.com

印　　刷　上海利丰雅高印刷有限公司
经　　销　全国新华书店等

开　　本　890毫米×1240毫米　1/32
印　　张　7
字　　数　155千字
版　　次　2018年10月北京第1版
印　　次　2021年4月第1次印刷

书　　号　978-7-02-014912-4
定　　价　59.00元

如有印装质量问题,请与本社图书销售中心调换。电话:010-65233595

目 录／

形象的捕捉者	001
母鸡	004
公鸡	008
鸭	015
雌火鸡	018
珍珠鸡	021
鹅	024
鸽群	027
孔雀	030
天鹅	033
狗	036
代代什死了	038
猫	043
母牛	046
布露奈特之死	049
牛	054
公牛	057

水蝇	061
母马	063
马	065
驴	068
猪	071
猪和珍珠	073
绵羊	076
母山羊	080
公山羊	081
家兔	084
野兔	086
蜥蜴	090
绿蜥蜴	091
水蛇	092
鼬	093
刺猬	094
蛇	096
虫	098
青蛙	100
蟾蜍	103
蚱蜢	106
蟋蟀	109
蟑螂	111

萤火虫	112
蜘蛛	114
金龟子	115
蜗牛	117
蚂蚁	122
蚂蚁和小山鹑	123
毛虫	126
跳蚤	129
蝴蝶	131
黄蜂	133
蜻蜓	135
松鼠	137
老鼠	139
猴群	142
鹿	145
鲍鱼	148
白斑鲍鱼	150
鲸	151
鱼	152
园子里	157
虞美人	159
葡萄地	160
蝙蝠	162

没有鸟儿的笼子	165
金丝雀	167
燕雀	169
金花雀的巢	171
黄鹂	173
麻雀	174
燕子	177
喜鹊	180
乌鸫	184
鹦鹉	186
云雀	188
翠鸟	191
雀鹰	193
鹡鸰	195
松鸦	196
乌鸦	198
山鹑	201
丘鹬	207
一个树木之家	211
罢猎的一天	214
新月	216

自然纪事

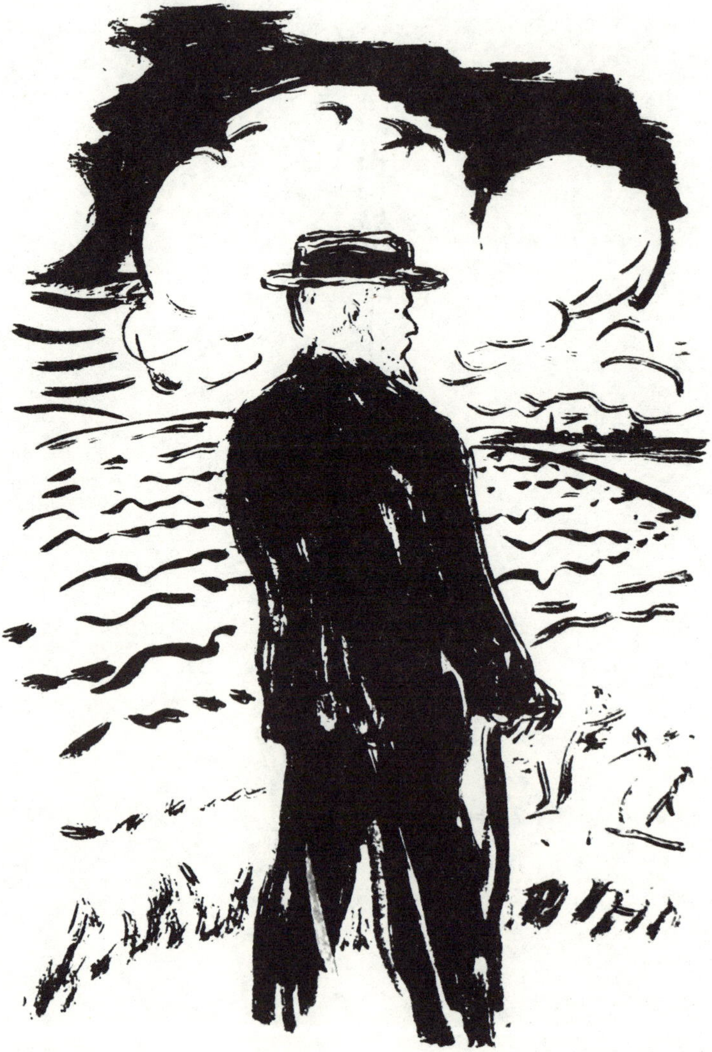

形象的捕捉者

他大清早就下了床,感到精神抖擞,心情舒畅,身体轻快(轻快得像一件夏天的衣裳),他便出去了。他没带干粮。他将畅饮路上的凉爽空气,猛吸有益健康的气息。他把猎枪留在家里,只是睁大了他的眼睛;他把眼睛当作网,去捕捉千千万万美丽的形象。

他第一个捕捉到的是那条道路的形象,那些光滑的石子是路的骨骼,那些车辙,是路凹陷下去的筋脉。路两旁,布满了果实累累的黑刺李树和桑树的浓荫。

然后他看到河流。河转弯处发出炫目的白光,在垂柳的抚弄下睡熟了。一条鱼蓦地跳出水面,肚子上闪着亮光,仿佛谁扔出了一枚银币似的。每当细雨蒙蒙落下,河面上便惊起一阵觳觫。

他又看到一幅图画,不停翻腾的麦浪,鲜嫩可口的苜蓿,无数溪流绕过原野的边沿。他经过时偶尔瞥见一只云雀和一只金翅鸟。

随后他走进树林。过去他从没有想到自己的感觉竟会这样细腻。整个人一下子都沉浸在香气之中，他不放过任何低沉的声音；为了与树木共语，他的神经跟树叶的脉络紧紧地联结在一起。

　　一会儿，他感到战栗、不安，他感受得太多了，他又激动，又害怕，于是离开树林，远远地跟随着农民翻砂工走回他们自己的村庄。

　　当他凝眸眺望西下的夕阳时，他的眼睛猛然一亮，太阳正在地平线上脱掉它金光闪闪的长袍，云霞散乱铺满天穹。

　　后来，头脑里带着这一切景色，他回到屋里，熄了灯，在入睡以前，他久久地回味这些形象以自娱。

　　这些形象温驯地随着回忆又出现在眼前。一个形象摇曳着，唤起了另一个形象，新的形象不断来临。这些闪烁生辉的东西越来越多，像一群山鹑整天被追逐、驱散，黄昏时分，没有危险了，这才唱着歌，在田沟里互相召唤。

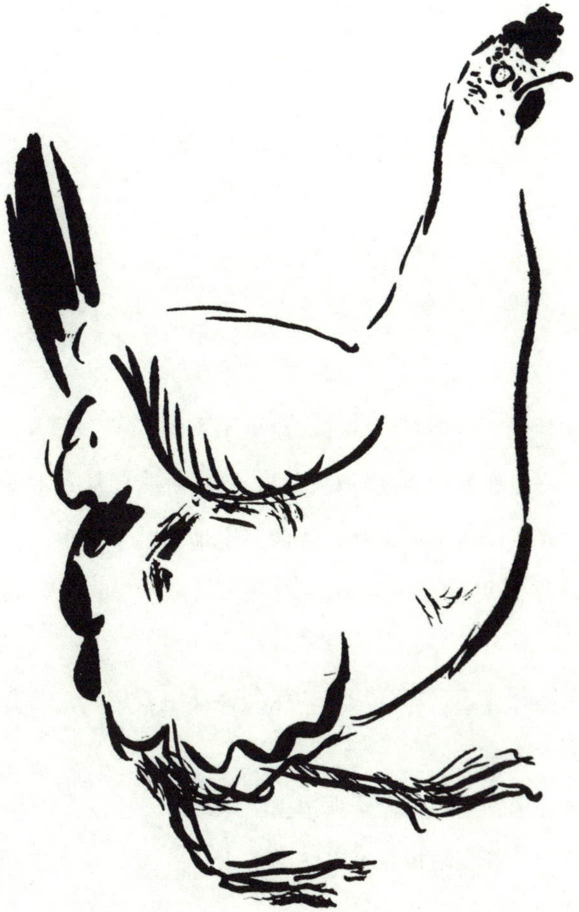

母　鸡

门才开开，她就双脚一并，跳出了鸡窝。

这是一只普普通通的母鸡，打扮得挺朴素，从来不下金蛋。

她被光线搞得眼花缭乱，犹豫不定地在院子里走了几步。

她首先看见的是一堆灰，每天早上，她都在这里跳跳蹦蹦地嬉游。

她在那儿打滚，浑身灰土，猛烈地扑扇着翅膀，羽毛蓬起，抖搂下夜来多少跳蚤。

然后她走到扁扁的盘子那边去喝水。

最近的这场骤雨将盘子里注满了水。

她只是喝水。

她每喝一小口，脖子就往上一扬，脚趾平平稳稳地踩在盘子边沿上。

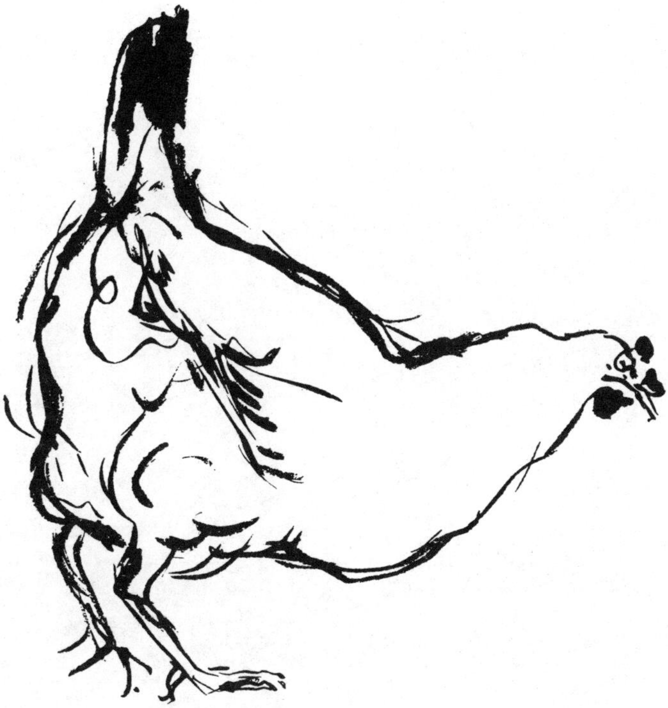

接着她满地寻觅食物。

属于她的有细嫩的草叶，还有昆虫和遗落的谷粒。

她不知疲倦地啄着，啄着。

她不时地停下来，大红锦冠披在头上仿佛共和派的红帽子，冠下，双目神采奕奕，还垂着肥厚的嗉囊。她一会儿用这只耳朵，过一会儿又侧过另一只耳朵，谛听。

等确确实实觉得没有什么新鲜事了，她又四处寻觅起来。

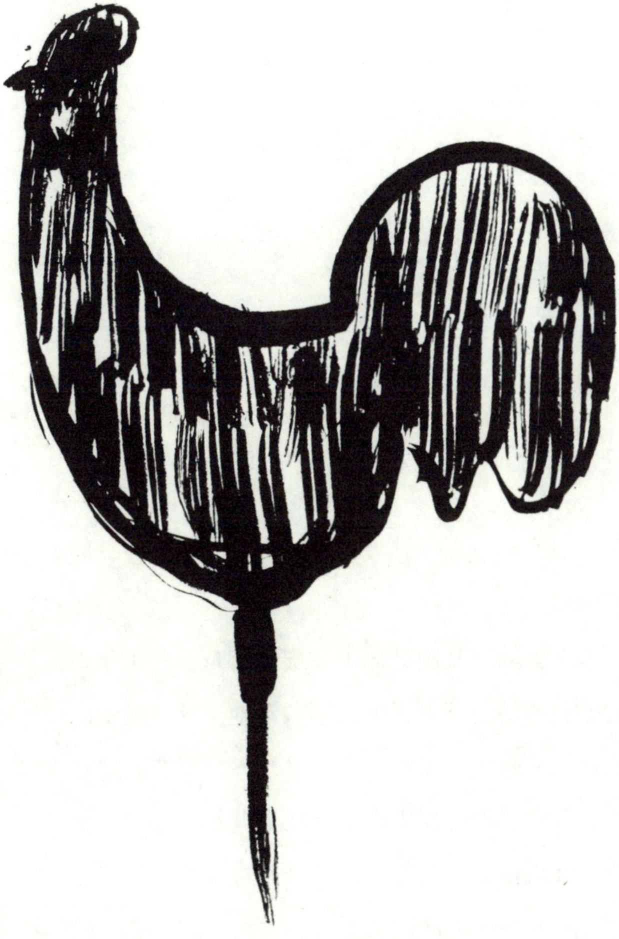

公　鸡

一

　　他从来没有唱过歌。他没有在鸡窝里睡过一夜，或者结交过一只母鸡。

　　他是木头做的，从腹部伸出一支铁脚爪，多少年来，他一直生活在一座古老教堂的屋顶上，谁也不敢动他。这座教堂的模样很像一座谷仓，它那瓦片鳞次的屋脊列成一道线，像牛背那样挺直。

　　可是，现在，教堂那边出现了几个泥水匠。

　　突然一阵风把木鸡吹得转过了身，对着他们。

　　他每一转身，新砌的石块就加高了一层，越来越高，挡住了他的视线。

　　不久，他又抬起头来，只见刚刚落成的钟楼顶端，又添了一只小公鸡，这在今天早晨还不曾有呢。这只新来的公鸡，尾巴翘得高高的，张着嘴，就像在唱歌似的，双翅贴腰，崭新崭新，在阳光下璀璨夺目。

两只公鸡斗起架来了。那只老木头公鸡很快就精疲力竭，败下阵去。在他那独立的脚爪下面，屋梁快要倒塌了。公鸡歪歪斜斜，僵直，摇摇欲坠，发出刺耳的响声，停了下来。

现在木匠来了。

他们推倒这座教堂被虫子蛀掉的一角，把公鸡拆卸下来，在村子里到处传观。只要拿上点礼物，谁都可以摸摸他。

有的人给一只鸡蛋，有的人交上一个"苏"，而洛里奥太太呢，她拿出一枚银币。

木匠师傅畅饮了一通，因为公鸡他们还争论了一番，后来，他们决定烧掉他。

他们把干草和木柴堆起，点上火。

木头公鸡在火中给烧得"哔哔剥剥"直响，火焰冲上了半空。

二

每天清早，公鸡一跳下栖架，就昂起头来望望另外一只公鸡是不是还在——而那另外一只总在那儿。

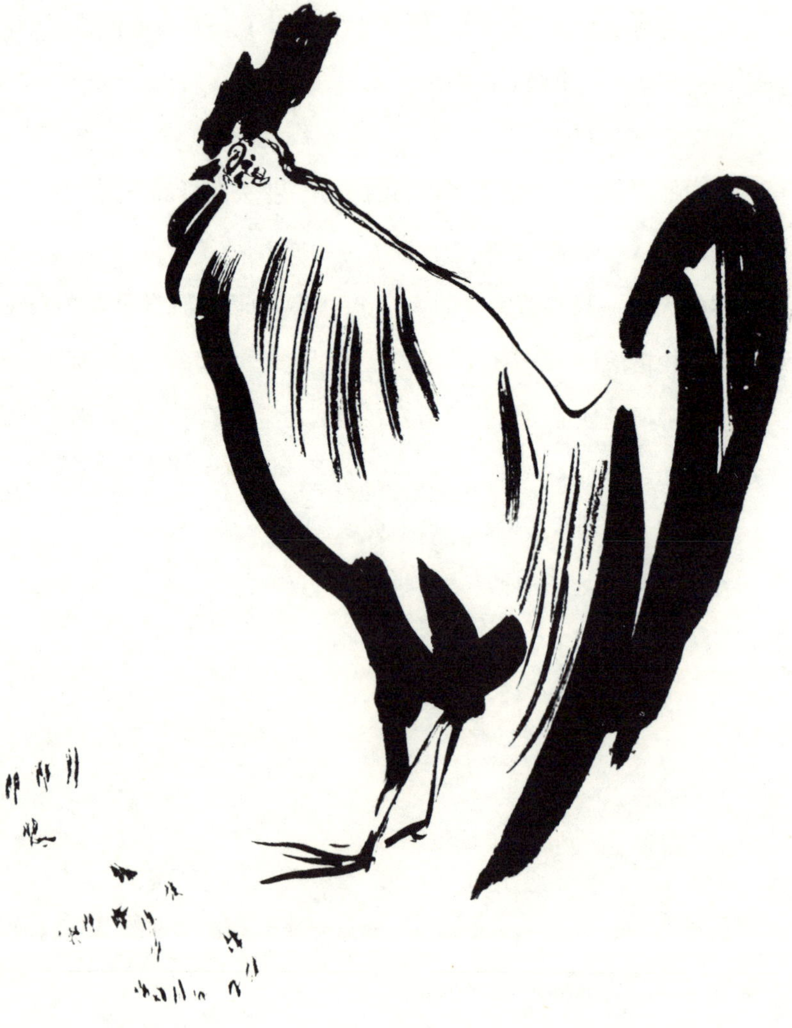

这只公鸡自吹自擂，说是击败过世界上所有的对手；可是那另外一只，片羽未铩，可是个常胜不败的竞争者。

公鸡一声声引吭啼鸣：他在召唤，在挑战，在威胁；可是那另外一只，只是到时候才回报几声，开初他一声也不答应。

公鸡箕踞而坐，羽毛奋张，美丽非凡，蓝与银色错落相间；可是那另外一只，金光夺目，背倚蓝天。

公鸡把他的许多母鸡召唤过来，自己一马当先。瞧吧，她们都属于他，大家又爱他又怕他；可是那另外一只受到的却是燕子的爱戴。

公鸡不爱惜身子：到处都撒下他点点滴滴的爱情，平常哪怕是遇上任何细小的事，他都会用尖锐的嗓音，高奏凯歌；这时那另外一只成亲了，他使劲地大声歌唱，向村子里的人宣布婚礼。

喜欢嫉妒的公鸡支距独立，正准备大战一场；他的尾巴张开，好像一件被宝剑撩起的斗篷下摆。他热血奔腾，怒发冲冠，向普天下的所有公鸡挑战；而那另外一只，从来不怕顶风冒雨，这时正转过背，在微风中嬉戏。

公鸡被激怒了，一直到一天终了。

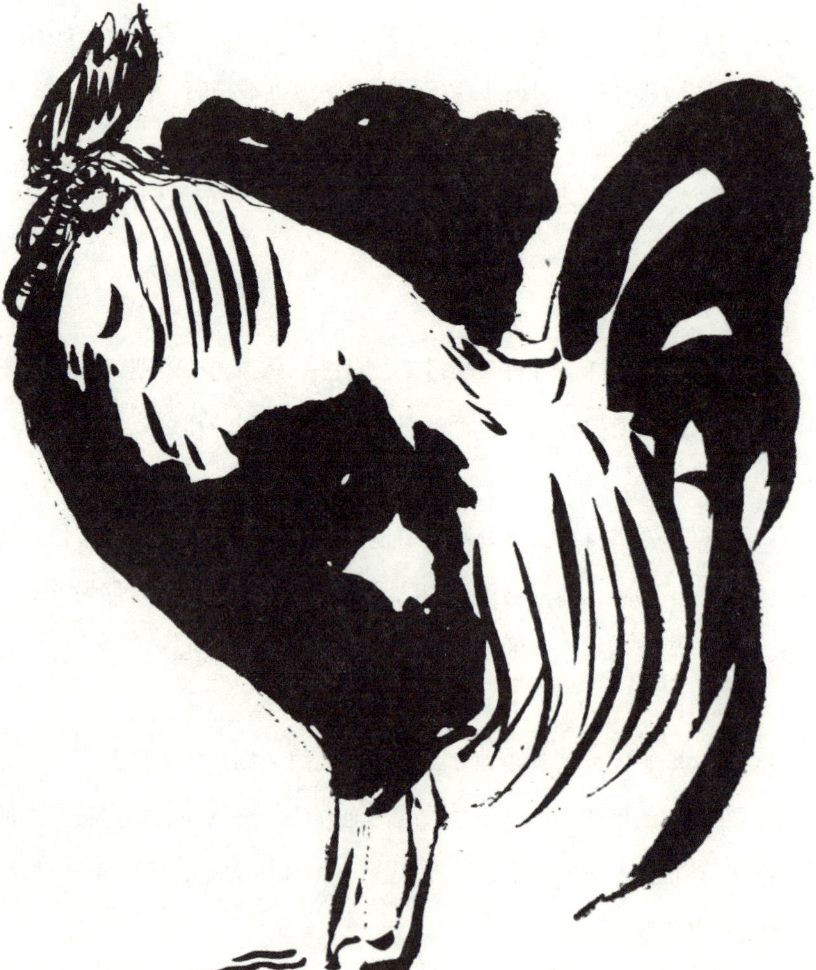

他的母鸡，一只接着一只，都归了窝。只有他，嗓音嘶哑，精疲力竭，独自留在已是黄昏的院落里——而那另外一只，仍然还在夕阳余晖中熠熠生光，正展开他清脆的歌喉，欢唱着和平肃穆的晚祷之歌。

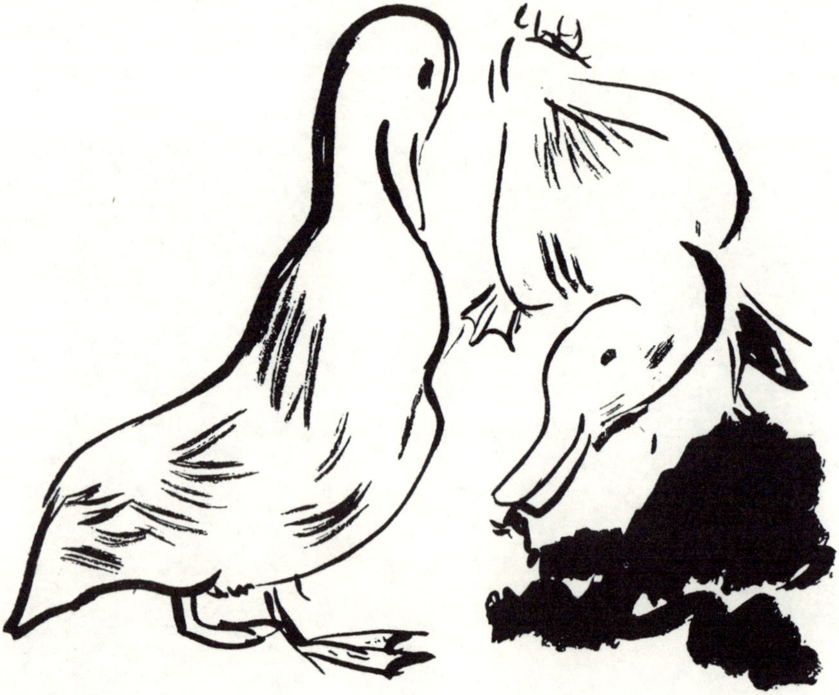

鸭

一

母鸭在头里走,一摇一摆地拐着两只脚,那嘴巴忙不迭地往她熟悉的洞口直呷。

公鸭跟在她后面。两只翅膀反剪在背上,同样拐着两只脚。

母鸭和公鸭静悄悄地走着,好像去赴一次接洽生意的约会。

母鸭首先一头钻入水中,水中漂浮着羽毛、家禽粪便、一片葡萄叶子和一些干草。她几乎全身都隐没在水中了。

她在等待。她准备好了。

公鸭跟着也投进水中。他那一身斑斓色彩都沉进去了。现在只看到他碧绿的头部和翘起的屁股上虬曲的绒毛。他俩都泡在水里。水发热了。从来不曾有谁淘空过这个水塘，要等到下一次骤雨才会换上新的雨水吧。

公鸭，用他的扁嘴，温存地嘲嘲母鸭，夹夹她的颈项，刹那，他摆动了一下身体，这片如此深沉的水立刻泛出无数涟漪。很快地又安谧、平静下来，于是水面上映出一角蓝天。

母鸭和公鸭纹风不动。烈日当空，催他俩沉沉入梦。有人贴近他们走过也毫不在意。只有在极稀少的小空气泡泡划破这泓积水的时候才知道他们还在那里。

二

在关得严严的门前，他俩并卧在一起，仿佛服侍病人的邻家妇女的那双木鞋。

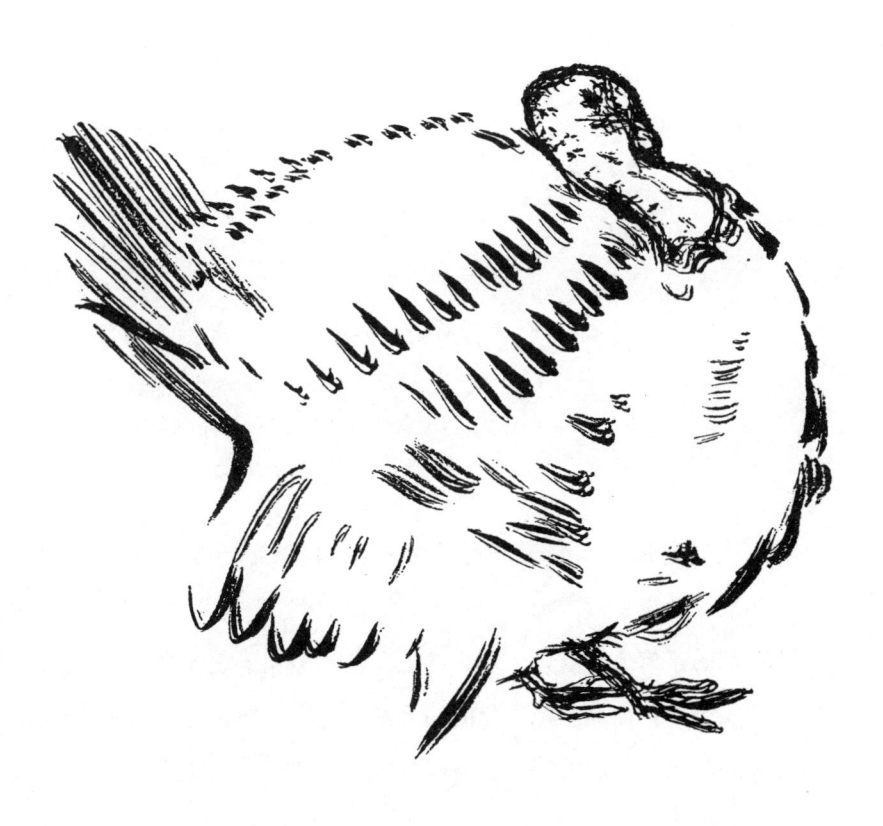

雌火鸡

一

她趾高气扬地站在院子中间,就好像她依然生活在旧王朝时代一样。

所有别的家禽成天吃食,什么都吃。她呢,除了吃食之外,只关心自己的仪态是否漂亮。她一身的羽毛都上过浆,翅膀的尖端划着地面,仿佛要画出她走过的路线:她曾打这儿走过,不是别处。

她头昂得高高的,连自己的脚都看不见。

她不相信任何人。当我走近的时候,她还以为我准备向她致敬呢。

她已经骄傲地"咯咯咯"叫起来了。

"高贵的雌火鸡啊,"我对她说,"如果您是一只鹅,我会像布封①那样,用您一根翎毛,给您写一首颂歌。可是您不过是一只雌火鸡。"

大概我惹她生气了,她血直往上冲。一串串愤怒挂在她的厚喙上,震得满脸通红。她的尾巴刷的一声开了屏,把背对着我,这个坏脾气的女人。

二

大路,仍然是雌火鸡的寄宿舍。

每天,不管天气怎样,她们总在那里散步。

她们不怕雨,因为谁也不像雌火鸡把衣裳拎得那样高;也不怕太阳,因为雌火鸡出游的时候总是打着她们从不离身的小阳伞。

---

① 布封(Buffon,1707—1788),法国博物学家。

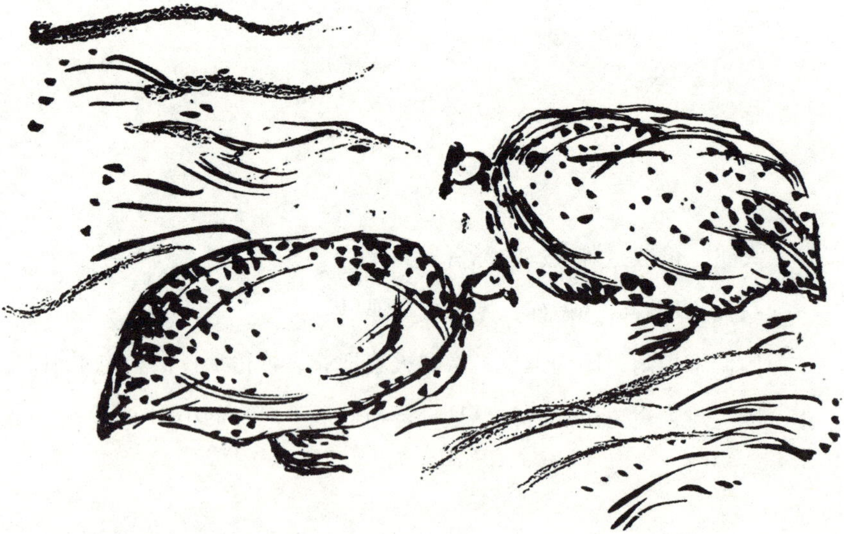

珍 珠 鸡

这是我院子里的一个驼背女人。就因为驼背,她老爱寻衅打架。

母鸡一句话也不跟她说,立刻,她冲上去,纠缠不休。

随后,她低下头,弓着身子,拉开她那双瘦腿迅猛地跑过去,用她的硬喙,对着正在开屏的火鸡尾巴尽啄。

这个装模作样的女人真叫她恼火。

她就这样,脑袋发蓝,挺起锋利的钩距,全副武装,一天到晚怒气冲天。她无缘无故追着别人打架,兴许因为她总以为大伙儿在嘲笑她矮小的身材、光秃的脑袋、低垂的尾巴吧。

她不停地发出乖戾的鸣声,像钉子戳破了空气。

有时她忽然离开院子,不见了。这才给喜欢和平的家禽们暂时留下一点安静。可是一转身她又来了,那声音变得格外刺耳、格外喧腾。你瞧,她疯狂地在地上打滚呢。

她怎么啦?

这个鬼女人在开玩笑。

刚才她是到野地里生蛋去了。

要是我感兴趣,我可以去寻找那只蛋。

她在灰尘里不住地翻滚,像个驼子。

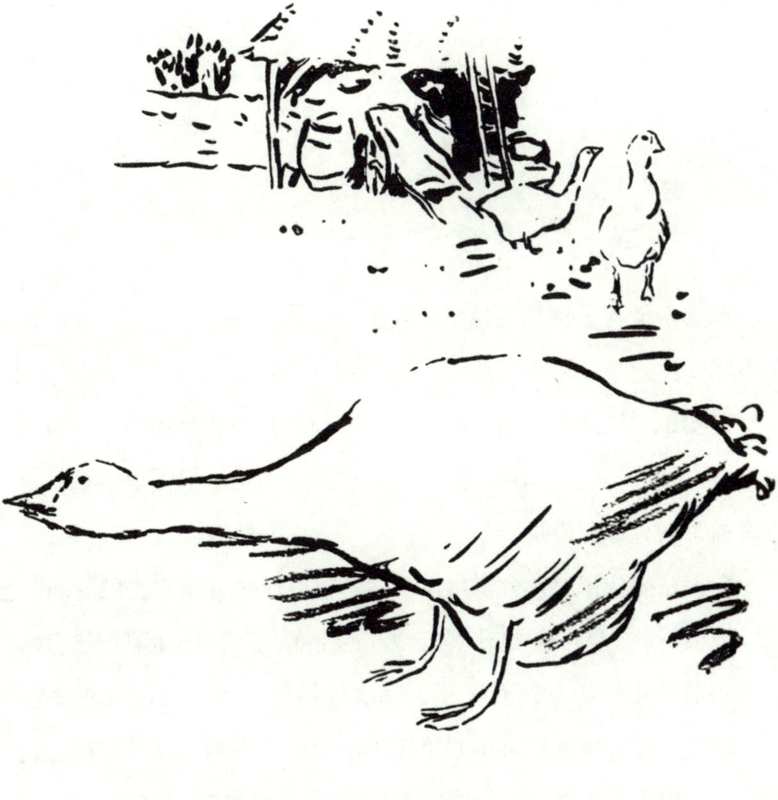

鹅

琼奈特像村子里别的姑娘,很想去巴黎。难道说她就只有牧鹅的本事吗?

老实说,她从不在前面引领鹅群,她总是跟在后面走。她机械地编结着点什么,走在鹅群后面,把一切都托付给一只图鲁兹鹅。这只鹅真像个大人那样懂事。

图鲁兹鹅认识路,分辨得出哪些草好吃,也知道回去的时间。

她很勇敢,连公鹅也比不上她。遇上恶狗,她还能卫护住姐妹们不受狗的攻击。她晃荡着脖子,贴着地蜿蜒向前,接着又直昂起头来,她让惊慌失措的琼奈特心里感到镇定。她胜利了,一切都已趋于正常,她用鼻子哼着歌,她明白现在这秩序井然应该归功于谁。

她毫不怀疑她会做得更好。

一天晚上,她离开了这个地方。

她的嘴迎着风,敛住双翼,在大路上越走越远。迎面碰到的一些妇女,都不敢阻拦她。她的步伐真是快得吓人。

正赶上琼奈特在那里,完全惊慌得发了呆。啊,完全跟别的鹅一样,一点也不特别,图鲁兹鹅来到了巴黎。

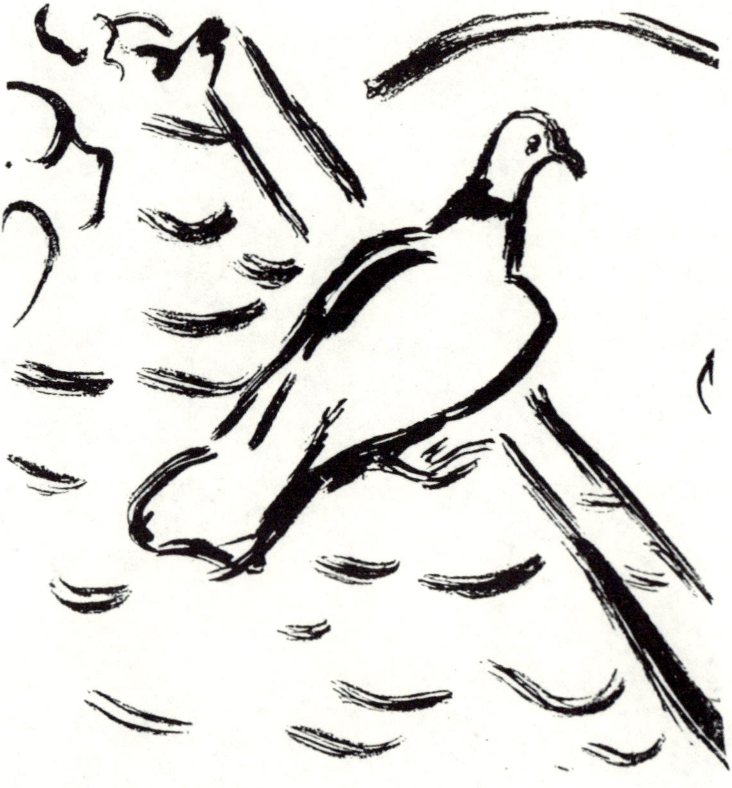

鸽　群

一

让他们在屋顶上发出低沉的鼓声吧。

让他们从树荫里出来，翻腾，闪耀在阳光之中，然后又折回到树荫里去。

让他们那灵活变幻的领子像指甲上的乳白月牙那样突然显现又随即消失。

让他们夜晚在森林里入睡吧，像色泽浓艳的果实那样沉重地压在橡树的最高的枝头。

让这两只频频交换着他们炽热的情意，而蓦地，彼此传过一阵悸动。

让这一只倦游归来，双翼上带着书信，仿佛是我们的女友的情思（啊！这个信物）。

这群鸽子，开头不过是闹着玩，后来终于感到厌烦了。

他们不愿待在原地不动，而旅行也没能使他们成熟。

他们整个一生都有点傻乎乎的。

他们执拗地认定孩子是从飞禽的嘴里生下来的。

他们的喉咙里仿佛总卡着什么东西，不得下去，这个根深蒂固的老毛病，长此以往，真叫人受不了。

二

两只鸽子——来吧，我的咕咕咕……来吧，我的咕咕咕……来吧，我的咕咕咕……

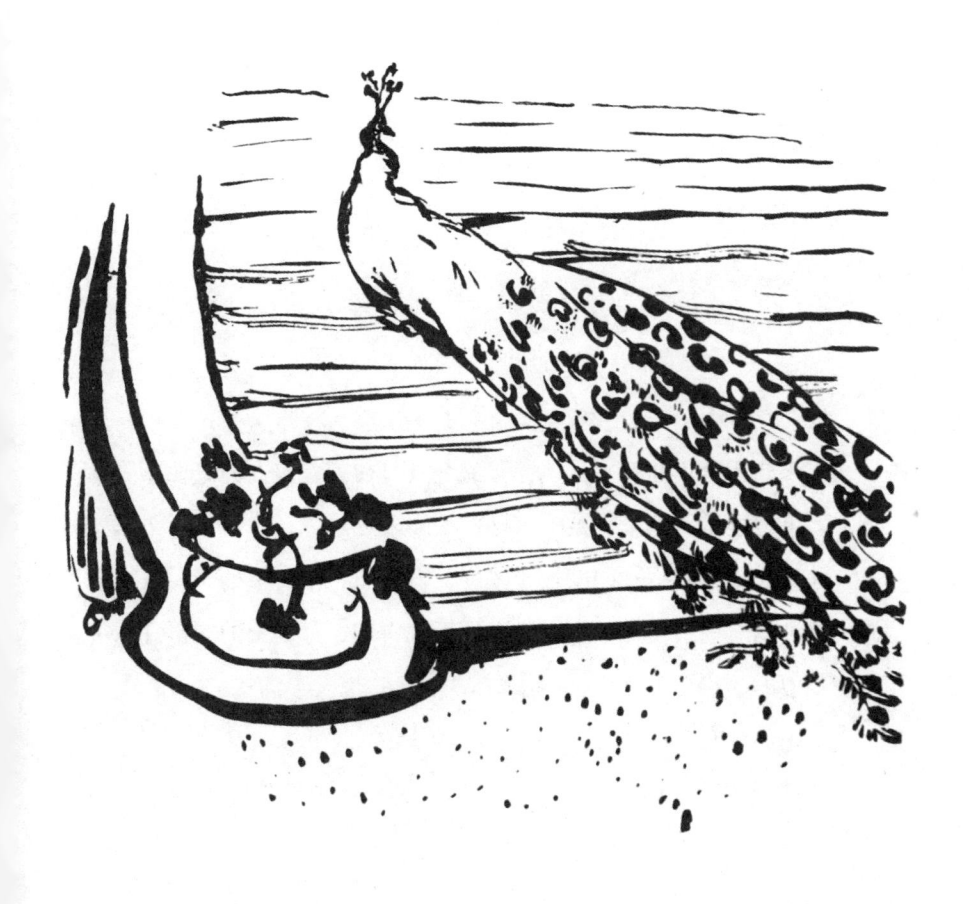

孔　雀

他准是今天结婚。

本来昨天就该迎亲了。他穿着盛装，打扮得整整齐齐。他在等候新娘。可她还没有到来。她不该这样姗姗来迟。

他挺自豪，有一种印度王子风度，徜徉着，全身披挂着无数富赡的日常饰物。爱情使得他容光焕发，无比辉煌，冠子上的璎珞好像古代竖琴似的，颤动不已。

新娘还没有到。

他登上屋顶，朝着太阳升起的地方眺望。他用那吓人的嗓子叫起来：

"莱噙！莱噙！"

他呼叫他的新娘了。可是谁也不曾到来，也没人应声。那些习以为常的家禽，甚至连头也不抬一抬。他们早已听厌了这种声音，再也不会赞美他了。他又下到院子里,对于自己的昳丽,他非常自信,而对于他们的那种态度,他毫不放在心上。

他的婚礼也许要推延到明天吧。

剩下的时间他不知道怎么打发,于是他向石级走去,迈着庄严的步伐,拾级而上,仿佛登上寺院的台阶似的。

他曳起燕尾服,那上面缀满了无数犹未离去的眼睛。

他又最后一次演习了这套礼仪。

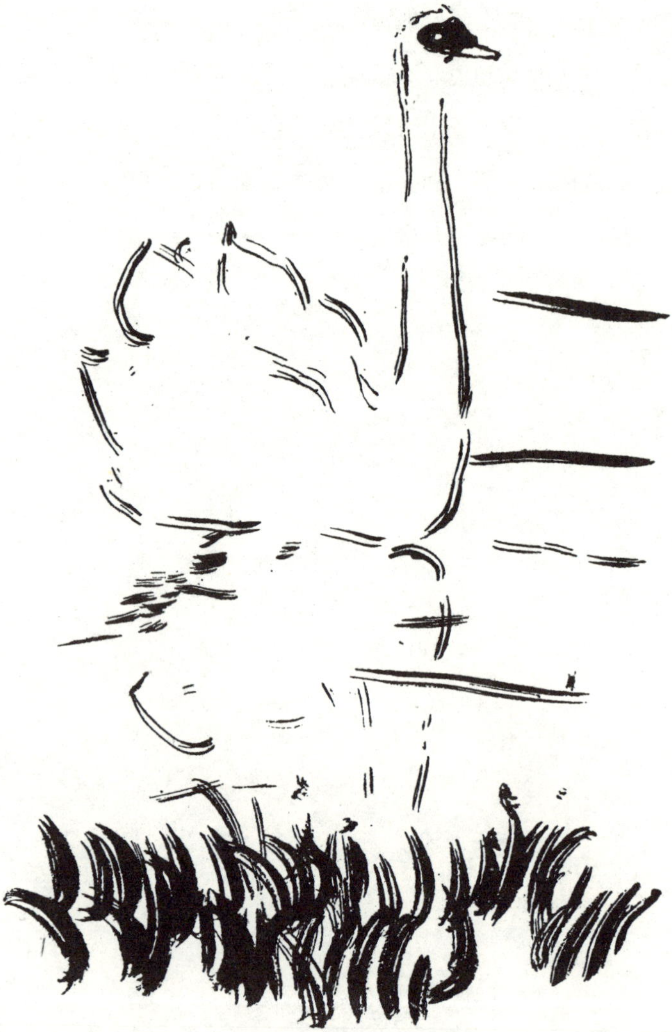

天　鹅

他在池塘里滑行，像一只白色的雪橇，在云霞里遨游。他追踪絮团状的云朵，他凝视着它们升起，浮动，随即又消逝在碧波间。他渴望得到一朵云。他用喙唛喋，把他那雪白的脖子蓦地扎进水中。

然后，像妇女的手臂脱出衣袖那样，脖子又抽了回来。

他什么也没有得到。

他再一看：那受了惊的云朵全没了。

刹那，他似乎感到有些幻灭，但是云随即又回来了，喏，那边，在那片涟漪渐渐消尽了的地方，不是又现出云霞了吗？

轻悄悄地，天鹅端坐在他的羽绒坐垫上，划着水，向云靠拢过去。

他在全力捕捉这些浮光幻影，累极了，兴许，还没有弄到一朵流云，他就会死去，这幻象的牺牲者啊！

可是我这在说什么啊？

你瞧，他每回钻入水中，用嘴去搜索那膏沃的塘泥，总要带出一条虫来。

因此他才像鹅那样，养得肥肥胖胖。

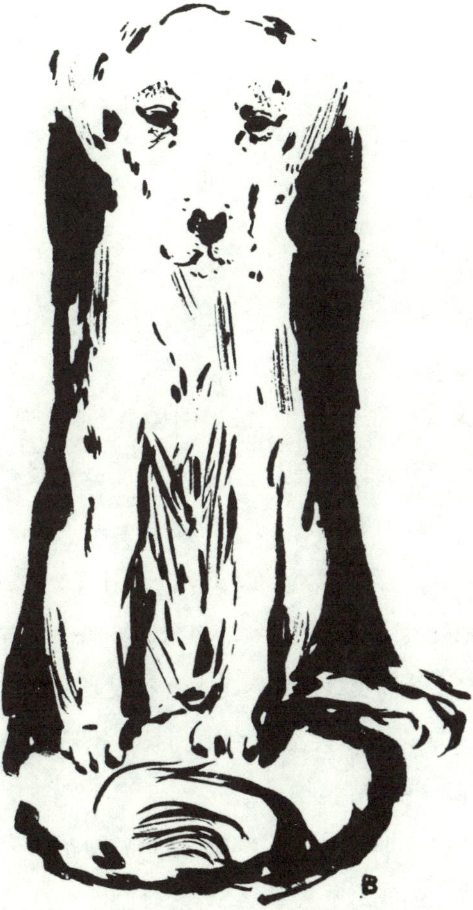

狗

这样的天气,谁也不想把波安图撵出去。门底下寒风呼啸得厉害,他不得不离开他的草垫子了。他到处想找块暖和点的地方,把头往我们的椅子中间直钻。这时,我们正胳臂靠着胳臂,紧紧地挤在一起,在炉边烤火。于是我赏了波安图一记耳光,我父亲用脚赶它走,我母亲狠狠地叱骂了他一顿,我的姐姐扔给他一只空杯子。

波安图打了个喷嚏,便到厨房去看看饭菜是否已经准备停当。

然后他又回来了,硬往我们中间挤,也不怕被人用膝头夹死,瞧,他就赖在那壁炉角上。

在原地磨蹭了半天,他终于靠着壁炉柴架趴下,一动也不动。他望着主人,目光如此温柔,主人会宽容他吧。只是那几乎通红通红的柴火,拨弄出来的灰烬烫得它屁股生疼。

他老那么待着。

大家闪开一条道，让他走开。

"出去，滚开！笨蛋！"

可是他还是不动。这时候，那些野狗正在外面给冻得牙齿直打战呢，波安图，却暖暖和和的。毛烧焦了，屁股烤痛了，他还是强自忍耐，不号不叫，一脸苦笑，泪水盈眶。

代代什死了

小姐姐①的这条长鬈毛猎狗，我们都喜欢。

他不管到哪儿身子都蜷成一团，甚至在桌上也这样，就仿佛睡在窝里似的。

他懂得用舌头来表示爱会让我们觉得不舒服，所以他只用他的脚爪，轻轻地在我们的面颊上抚摩。只要不碰着眼睛就行。

他笑了。人们总以为他这是在打喷嚏，但实实在在这是一份笑意。

尽管并没有什么深深的忧愁，他却会哭，哭泣时从喉头发出低沉的嗥叫，眼角还挂着一汪清泪。

有时他不见了，后来又聪明地独自回到家中，我们在充满喜悦的

---

① 作者的女儿芭侬。

喊叫里尽力渗进几分敬佩与鼓励。

他不会说话,无论我们花多少力气,还是毫无办法。小姐姐无奈地对他说:"你要是能说哪怕一点点也好啊!"

他望着小姐姐,身子颤抖着,一副愕然的样子,跟她一样。他用尾巴做着手势,张着嘴,可是没有吠声。他猜小姐姐更希望听到他叫,看他的样子,心里仿佛有千言万语即将脱口而出似的。

在一个没有月亮的夜晚,代代什在乡间小路上寻找朋友,不知哪儿来的一条大狗,肯定是偷偷闯进来的家伙,突然咬住这个稚嫩的小不点,紧紧扼住猛烈摇晃,把他扔了出去,然后逃走了。

嘿!要是小姐姐抓住了这条凶恶的野狗,一准会拧住他的脖子,把他打翻在地,掐死他!

代代什被咬的外伤总算调治好了,可是在腰部留下了痛苦的后遗症。

他开始到处撒尿。在外面,一旦想撒,撒起尿来就像一台水泵似的。他觉得这样做倒是让我们摆脱了一桩令人烦心的事,十分开心。可是回到家里,他还是忍不住,人们才一转身,他就在家具底下撒了一泡,接着就听见小姐姐单调的惊叫声:"快,快,拿海绵!水!硫黄!"

大家生气了,可怕地大声叱责代代什,猛烈地抄起手打他,但又丝毫不碰到他一下。他用那机灵的目光回答我们:"我懂,可是怎么办呢?"

他依然温雅而可爱,不过有时他拱着背,仿佛在他脊柱上还留着偷袭他的那条野狗的齿痕。

后来他难闻的气味终于引起了人们的一些闲言碎语；甚至小姐姐的心也渐渐变硬了。

必须把代代什杀掉。

这倒简单：在一小块肉上切开一个口子，放进两种粉末，一种是氰化钾，另一种是酒石酸，然后用线缝好，人们佯装逗着玩扔给他一只普通小球，接着把那个有毒的肉蛋蛋摔给他，刚吃下去一会儿，两种粉末在肚子里起了反应，形成氢氰酸，于是小动物立即毙命。

我不愿再想起制作这小丸子的是我们中间的哪一个。

代代什乖乖的，躺在窝里，等待着什么；而我们也在等待。我们在隔壁房间里，"窝"在座椅上，仿佛感到十分疲倦。

一刻钟过去了，又是半个钟头，有人悄声说：

"我去看看。

——再过五分钟！"

我们的耳朵里嗡嗡作响。你是不是听见有条狗在老远的地方号叫，一条野狗？

终于我们中间一个最勇敢的人走过去，一会儿回来，用一种极其生疏、简直无法辨认的声音说道：

"没了！"

小姐姐头靠在床上，轻轻地啜泣起来。她啜泣不已，而人们只是狂笑。她的脸埋在枕头中间，老是重复着：

"不，不，今天早上我不想喝咖啡！"

那样子就像做母亲的跟她谈起婚姻、丈夫，她嚅嗫着说她要当一辈子老姑娘似的。

别的人及时过来劝慰她止住流泪。这时人们仿佛都流下了眼泪，每一个新的流泉又让相邻的流泉涌出来。

他们对小姐姐说：

"你真傻，一点小事！"

"什么小事？这是生命！而我们都不知道刚刚消灭的这个生命往哪儿去了。"

因为这一点羞愧心情，也为了掩盖这条小狗的死在人们心里引起的动荡，我们遐想着已经逝去的人，想到一切神秘的、不可思议的、阴晦不明的东西。

杀狗者自己想着，我刚才犯下了一桩背信弃义的谋杀罪。

他站起来望望那条被他杀掉的小狗。后来，我们知道他伏在代代什柔软的犹有余温的小脑袋上亲吻。

"他的眼睛睁开了？"

"是的，他的眼睛呆滞无光，像玻璃珠子。"

"他死的时候不痛苦吧？"

"啊，我想是这样。"

"没有挣扎？"

"他只是把脚爪猛蹬一下伸到窝边，好像仍然向我们伸出他的小手似的。"

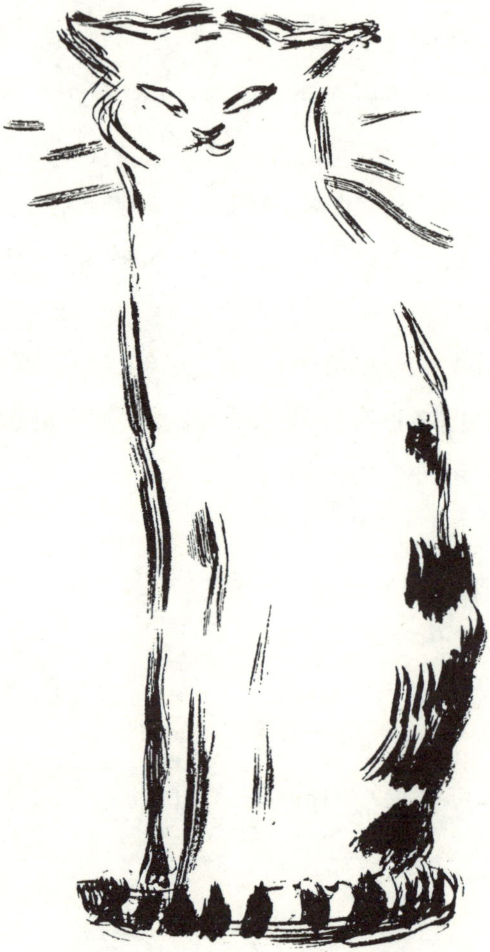

猫

一

我的猫不吃老鼠,他不爱吃。他逮住个把老鼠,不过是拿来逗着玩罢了。

等他玩够了,就饶了老鼠的命,然后他自己到别处去寻梦,天真无邪地坐在自己蜷曲起来的尾巴上。

可是,在他的利爪下面,老鼠死了。

二

有人对他说："你只管逮老鼠，可不要捕捉小鸟！"
这可太难捉摸了，连最灵巧的猫有时也会弄错啊。

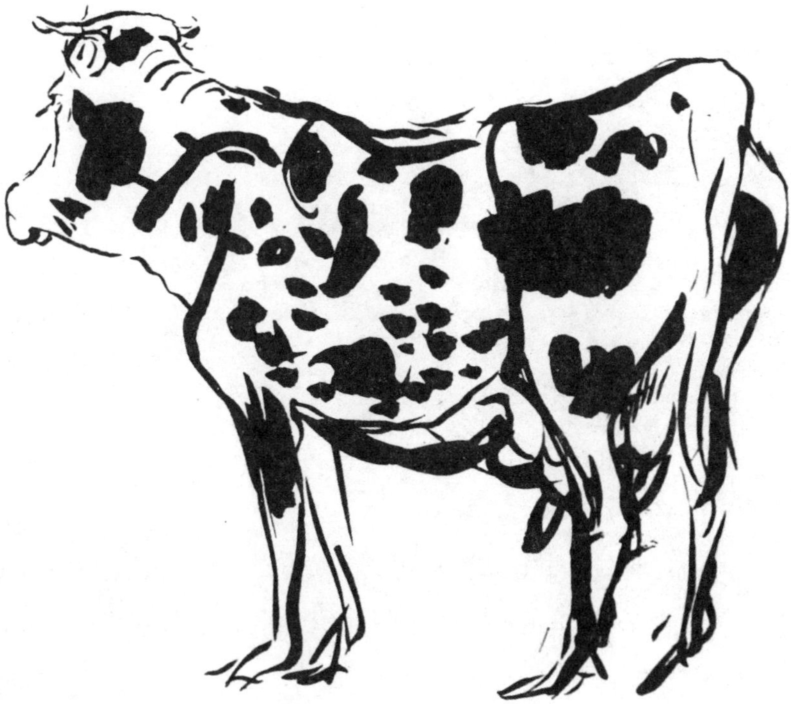

母　牛

一

　　要给她找个好名字也实在难，干脆就不给她取名了。大家就叫她"母牛"，这名字对她最合适。

　　而且，叫啥名字有什么关系？只要她吃就是！青草、生菜、谷子，甚至面包，还有盐，她应有尽有，什么都吃，时刻不停地吃，因为反刍，她得吃两次。

　　她一看见我，就叉开蹄脚，轻盈地小步赶过来，蹄衣跟她腿上的色泽一样，像穿了双白袜子。她来到我面前，相信我一定给她带了什么好吃的东西，我呢，每回都赞赏地望望她，说："那么，吃吧！"

　　可是她吃进去的食物并没有使她自己身上长肉，而是都化作了奶汁。每天，到了一定的时间，她就呈献出她丰满而方正的乳房。她并不吝惜奶汁——有些母牛吝惜奶汁——她挺慷慨，只要一挤，奶就从她那四个富有弹性的奶头里像喷泉似的一涌而出。她的脚和尾巴一动也不动，只用她硕大而柔软的舌头，舔着挤奶女工的光背逗乐。

虽然她独自一个生活着，但好胃口使她一点也不感到烦闷无聊，只有很少辰光，她模模糊糊地想起最近出生的牛犊，这才不无惋惜地哞叫两声。不过，她倒挺喜欢别人拜访，每逢来人，她额头上的两只角便双双拱起表示欢迎，嘴唇上还挂着一线流涎、几根草茎。

男人们一点也不怕她，总爱抚摸她无限膨胀的肚子；女人们看到这样大的牲畜竟如此柔顺，都惊奇不已，只是她们提防着她那份温存劲，各自做着幸福的好梦。

二

她挺喜欢我在她的犄角之间搔痒。我略微后退，因为她舒畅得把身子紧靠了过来，这头大牲口任我搔着搔着，直到我的脚踩在她的粪上。

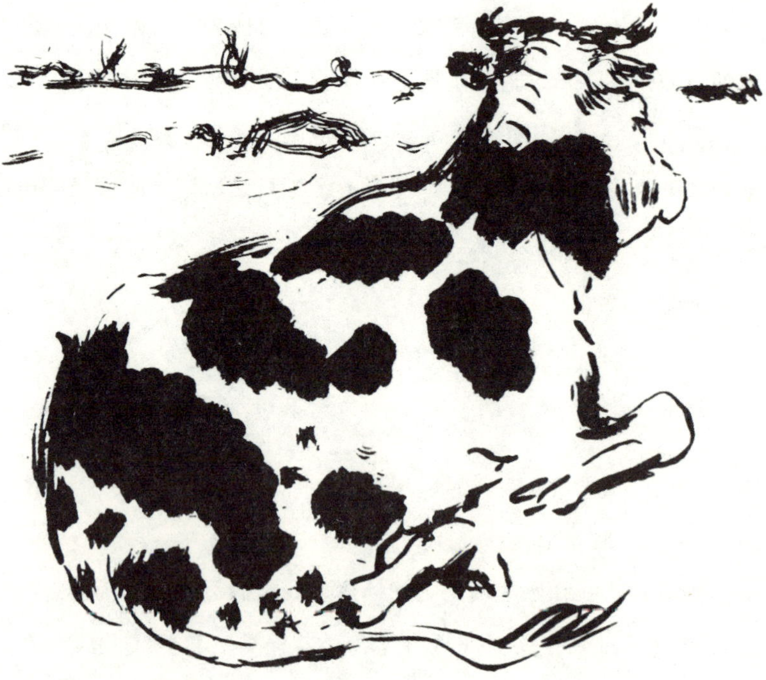

布露奈特之死

菲利普叫醒了我，跟我说昨夜他起身看过，布露奈特呼吸还很停匀。

可是，从今天早上起，她真叫人着急。

他喂她干草，她不吃。

他送她一把新割的青草，布露奈特平时那么爱吃，可现在碰也不碰。她也不再望她的小牛犊一眼，连小牛犊站起来，挺直了双腿想吃奶，用鼻子乱拱她都觉得受不了。

菲利普把他们分开，把小牛犊拴得离妈妈远远的。布露奈特似乎压根没有发觉这件事。

菲利普的那份惶惶不安也感染了我们大家，连孩子都想起身。

兽医来诊视布露奈特了，叫人把她牵出了牛栏。她身子撞着墙，脚绊在门限上了。她好像随时会摔倒；得把她再拉回去。

"她病得很重。"兽医说。

我们也不敢问他她得了什么病。

他怕她得的是产褥热,这种病常常足以致死,尤其是良种奶牛;他还挨个回想起那些别人原以为毫无希望但被他救活了的病牛。他用一把小毛刷子从一只小瓶子里蘸了些液体,涂在布露奈特的奶头上。

"这是一种发疱药。"他说,"这药是巴黎货,里面的确实成分还不清楚。要是病毒还没有蔓延到脑子的话,我就用冰水疗法,她会好的。这疗法可能会叫一般农村人感到吃惊,不过我明白我在跟谁说话。"

"那就按您说的做吧,大夫。"

布露奈特偃卧在铺草上,还勉强抬得起头来。她停止了咀嚼,好像屏住呼吸在仔细聆听人家谈论她的身体情况。

人们用一条羊毛毯子盖在她身上,因为犄角和耳朵都发冷。

"等到耳朵耷拉下来,"菲利普说,"就有希望。"

布露奈特两度挣扎着想站起身,都不行。她大声喘着气,间歇越来越长。

她的头一下子歪了过去,耷拉在自己的左肋上。

"病情恶化了。"菲利普蹲着说,嘴里喂嚅着甜言蜜语。

她才又昂起头来,突然一侧撞在食槽边沿上,这一撞击竟是那么沉重,大家都不禁惊诧得大叫起来:"啊!"

我们在布露奈特身子底下又垫上一堆草,使她不致马上昏死过去。

她的脖子和四蹄都伸开了,整个身子趴在地上,就像遇到大雷雨时在草地上的那副样子。

兽医决定给她放血。他不太靠近她。这医生跟别人一样学识广博，可就是不够胆大。

几木槌打下去，柳叶刀滑进了血管部位。再用劲猛击一下，血一涌而出，流注到平常奶汁漫溢的锡桶里。

之后，布露奈特这才从前额到尾巴都轻松下来。我们用一块浸湿了井水的布单子护上，因为很快又发热了，得经常更换。奶牛连颤动一下都没有。菲利普紧紧地拉住她的角，免得再撞到左肋上。

布露奈特就像给驯服了似的，一动不动。真不知道她是好了些呢，还是病情更严重了。

大家心里都很难过，而菲利普比我们更阴郁，他好像一只牲畜眼看着另一只牲畜在受苦似的。

他老婆给他端来了早餐汤汁，他就坐在一张踏步梯上吃，甚至都没有吃完。

"完了，"他说，"布露奈特胀气了！"

我们起初有点疑惑，可是菲利普说得对。奶牛眼看着腹部鼓胀起来，也不瘪下去，仿佛进去的空气出不来了。

菲利普的老婆问道：

"她死了吗？"

"你看不出来！"菲利普生硬地说。

菲利普太太出去，跑到院子里。

"我还要去探视另外一个，离这儿不远。"菲利普说。

"另外一个什么？"

"另外一个布露奈特。"

"我要你来的时候你得来。"我说,用着一种连我自己都感到诧异的主人腔调。

我们千方百计让自己相信:这件事与其说使我们烦恼,倒不如说真正激怒了我们,确确实实,布露奈特死了。

晚上,我遇见村子里教堂的打钟人,禁不住对他说:

"喏,一百个'苏',我们家某某死了,请你为她敲一次丧钟吧。"

牛

一

今天早上,像平常一样,门一开,加斯托就顺顺当当地离开了牛栏。他慢吞吞地在料槽里大口饮水,还给迟到的玻吕克斯留下一份。然后,他的鼻尖上就像骤雨初收时的树木一样湿漉漉地在沥水。他心甘情愿,凝重而有条不紊地排进通常的行列里他的老位置上,套在四轮货车轭下。

两只角竖起来,脑袋不动,他缩缩肚皮,轻柔地用尾巴驱赶黑蝇,好像一个女仆侧身假寐,手里还握着扫帚。他一边反刍,一边在等玻吕克斯。

可是,院子里,仆役正忙碌不堪,吆喝着,诅咒着,狗尖声吠叫成一片，仿佛有生人走近。

是不是玻吕克斯第一次，竟反抗起赶牛人的尖棍来了，盘桓逡巡，用头顶撞着加斯托的腰部，直冒热气，虽然已经套上了车，还仍然千方百计摇撼着那共同的轭头呢？

不，是另外一个。

加斯托，被拆散下来，他的大牙床骨停住不动，当他看见在自己身边，出现了他不熟识的可怕的大牛眼睛。

二

阳光下，牛群在草地上慢悠悠地踱步，拖曳着他们的影子。

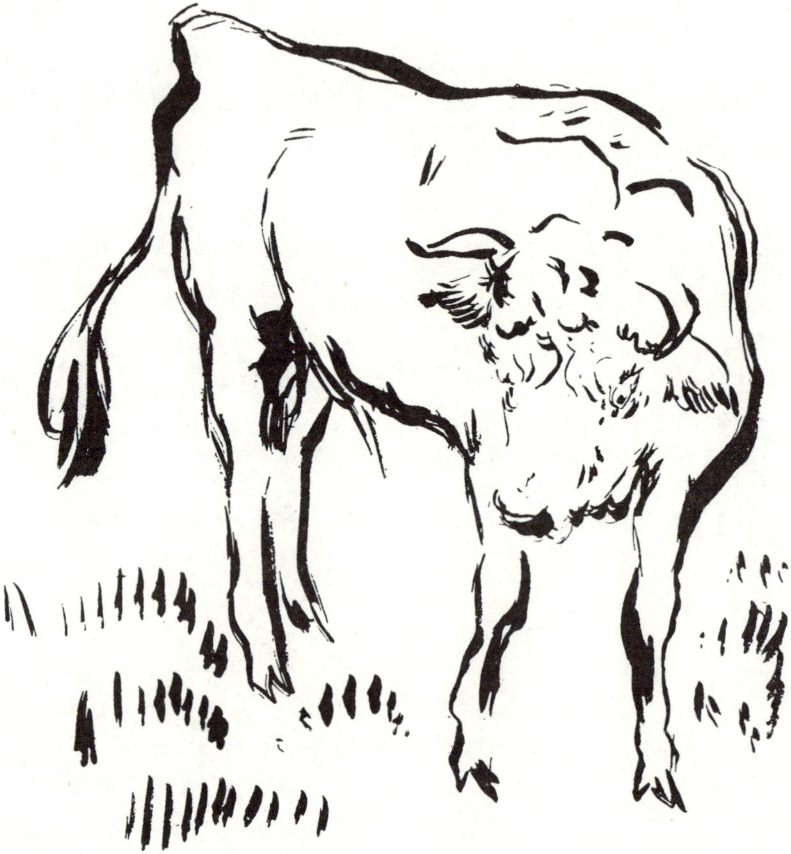

公　牛

一

　　到处流动的钓鱼人迈着轻轻的步子从伊翁河畔走过,惊得水面上的绿蝇到处乱飞。

　　绿蝇停歇在那老被牲畜摩擦身子弄得光滑了的白杨树上。他捕捉他们。

　　他把渔钩扔到河面上,过一会儿又提了起来。

　　他想换个新地方总要好些,于是不久他又离开,跨过一道篱笆,从这片草地去到另一片草地。

　　当他穿越被太阳蒸得火辣辣的草地的时候,他忽然停了下来。

　　远处偃卧着一群安静的母牛,公牛慢吞吞地站起身来。

这是一头出色的公牛，他那魁梧壮硕的身躯叫路上的过往行人吃惊。人们站得老远地欣赏他，要不是他老早就做过的话，他能用他的犄角把人像羽箭似的送上半空。别看他平时像绵羊一样温驯，要是遇上什么他一下子动了怒，啊，了不得，你要是在他旁边，那真不知道会发生什么事呢。

钓鱼人侧着身子观察他。

要是我拔脚就溜，他想，肯定我还没有走出草场，公牛就冲到我身上了。要是我不会游泳，一下子钻进河里，准得淹死。要是我趴在地上装死，听人家说，公牛会嗅嗅我，不会伤害我的。真这样？不过，要是他赖着不走，那多令人苦恼！最好还是假装冷漠，无所谓。

于是游移不定的钓鱼人继续钓鱼，仿佛公牛根本不在这里。他希望能骗过他。

他戴着草帽，脖子被大太阳晒得生疼。

他的双脚本来早已准备逃跑的，此时，却定住不动了，只是践踏着青草。他就有这份英雄气概，拼着命把身上的绿绳子往水里送。他时而躲藏在白杨树丛后面。他大大咧咧地走近篱笆栅栏，就在这里，他要是使出一身吃奶的力气，准能安全地跳到草场外面去。

可是，有谁逼迫他呢？

公牛干脆就撇开了他，不闻不问，径自跟许多母牛混在一起。

这头公牛只是在想动弹一下的时候才站起来，浑身疲乏地伸伸腿。

他迎着晚风，转过那披拂着短而虬曲的鬃毛的头。

他隔上一会儿就双目半闭，叫喊几声。

他没精打采地哼哼,有时也慢吞吞地哞叫,似自鸣得意。

二

母牛们一见他前额上那簇毛卷就认出他。

三

"他怎么紧盯着看!"
"甭害怕,格洛里蔼特,他准是看出了你是个正派女人。"

水　蝇

草地中央只有一棵橡树，树下一片浓荫里歇息着牛群。

他们低垂着脑袋，太阳光照耀着那弯弯的犄角。

要是没有蝇子，他们该多舒服。

今天，真的，这些蝇子一个个没命地狼吞虎咽。黑蝇，又凶又多，像一层煤烟子似的，爬满他们的眼睛、鼻孔，连嘴唇边上都是；绿蝇最喜欢吮吸皮肤上新擦破的伤口。

当一头牛抖动一下他那件皮围裙，或者用蹄子跺地的时候，这一大群蝇子马上就"嗡"的一声飞了起来，简直是骚动。

天气热极了，老婆子们站在门口，嗅到一场雷雨即将到来，她们害怕地打趣道：

"当心给雷打着啊！"

远处，第一道雪亮的长矛无声地刺破了天空，丢下一滴雨水。

牛群，警醒地昂起头来，朝橡树边沿移动，耐心地喘喘气。

他们明白，马上好蝇子就要来驱赶那些坏蝇子了。

开始只是少数几只，一只接着一只到达，随后就一齐密集起来，他们从撕裂了的天空，向敌人猛冲，敌人渐渐退让，变得稀稀拉拉，分散开去。

不久，从那又短又扁的鼻头到他经久耐用的尾巴，浑身湿透的牛被一大群得胜的水蝇簇拥着，自由自在地起伏攒动。

母　马

　　这一天干草进仓；所有的谷仓都堆得满满的，一直满到屋顶。男子汉和妇女们忙个不停，时间紧迫，要是雨水洒落到割好的干草上，草就没用了。大车不断地滚动着，来往运送；刚卸下一车，马又拉着另外一辆到达农庄。时间已经很晚了，车子还是来来去去，不得停歇。

　　一匹还驾着车辕的母马嘶叫起来。她的小马驹一整天都在草场上没有饮水，在叫她了，她应了一声。

　　她感到活计已经干完，她就要看到她的小马驹了。她挣脱颈圈，好像只有她一个还套着车。大车停在谷仓的墙边。有人给她卸下套，自由了的母马放开沉重的脚大步流星奔到栅栏那里：她必须赶快折回原地，去寻觅最后一辆大车。

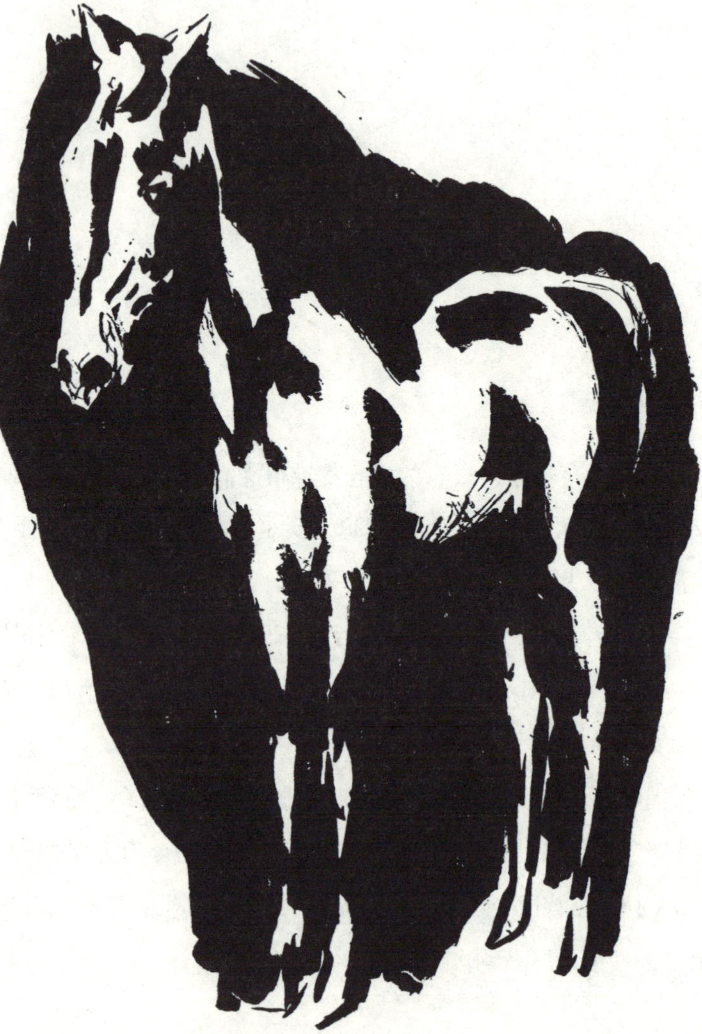

马

我这匹马并不漂亮。他浑身尽是疤瘢,眼窝很深;肋骨塌陷,门牙又长又大,后面拖着一条老鼠尾巴。可是他真使我感动。我很奇怪,他竟供我役使,毫无反抗,听任我差来差去。

每回我拉他套车的时候,我真怕他会突然朝我坚决地说声"不",然后撒腿就跑。

可是从来不曾有过。他低下那硕大的脑袋,一会儿又抬起来,就像戴着一顶铅帽子似的,温驯地在辕木之间略略后退。

所以我从来不少给他燕麦或玉米。我把他浑身上下刷得油光水滑,望上去真像颗樱桃似的。我梳理他的鬃毛,还把他的瘦瘦长长的尾巴编结成辫。我用手抚弄他,悄声对他讲话。我揩拭他的眼睛,把他的四个蹄子擦得雪亮。

这样,是不是能打动他的心?

谁都不知道。

他尽放屁。

特别是当我乘着他拉的车子外出游玩的时候，我最赞赏他。我加上一鞭，他就加快步伐。我拉住，他就停下。我把缰绳拉向左，他就朝左边走，从来不朝右拐，或者把我摔倒在沟里，再往我屁股上踢上几脚。

他让我害怕，让我难为情，也让我怜悯。

难道说，过一会儿他不会从那份蒙眬睡意中醒来，径自坐到我的位置上，而要我去接替他？

他究竟想着什么呢？

他尽放屁，放屁，放屁。

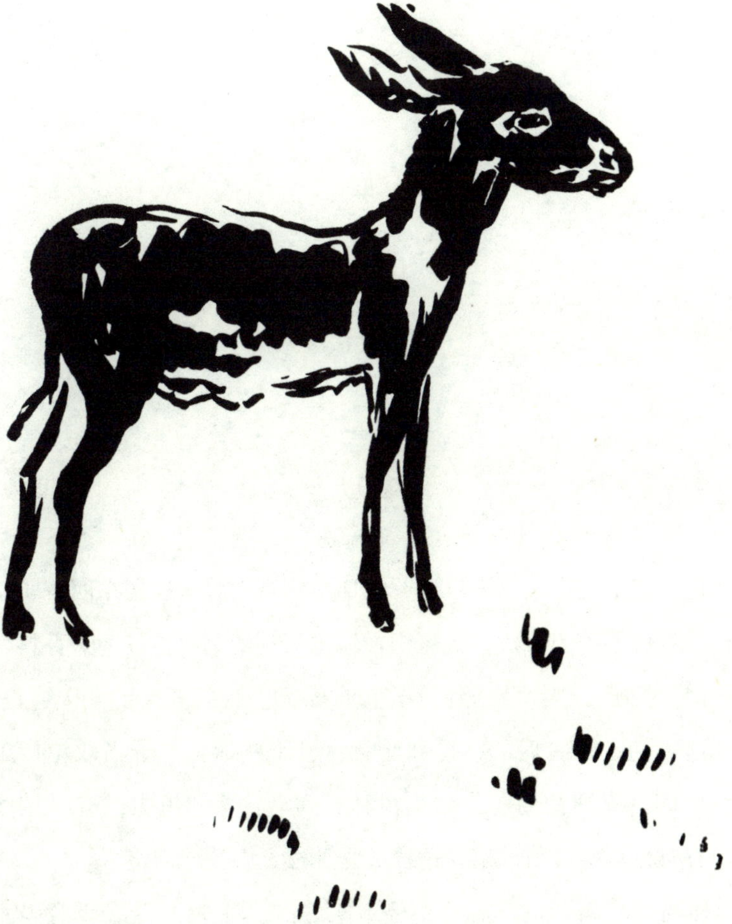

驴

一

他反正不在乎。每天早晨，邮递员雅哥驾着车运送东西，驴总是那样踏着他细碎的步伐。雅哥把在城里买到的东西——调味香料、面包、肉、报纸、信，分送到村子里千家万户。

这一趟走完之后，雅哥和驴就自己干些活。车子当双轮货车使用。他俩一起到葡萄园，到小树林，到马铃薯地里去，有时拉些蔬菜，有时也拉些青扫帚菜，这样或是那样，看情况而定。

雅哥像打盹似的，总是不停地叫着："吁！吁！"毫无意思。有时驴驻足不前，是因为他嗅到一棵什么棘刺植物，或是脑子里忽然闪过一个什么奇怪的念头。雅哥用手臂抱着它的脖子，推着他走上几步。要是驴倔强不前,雅哥就跟他咬咬耳朵。

他俩在沟凹里进食,主人就着洋葱啃粗面包,牲口爱吃啥就吃啥。

他们直到向晚时分才回家。两个影子慢悠悠地移过,从一棵树到另一棵树。

那里有一泓寂静的湖水,此时万物映照其间,都已沉沉入睡,蓦地湖面碎了,激荡起层层縠纹。

在这时候,谁家妇女还从井里一桶桶打水,正转动那锈蚀了的、嘎嘎作响的辘轳?

驴又走上高坡,放声吼叫,直到消失在四外空寂之中,他不在乎,他不在乎。

二

这只长大了的兔子。

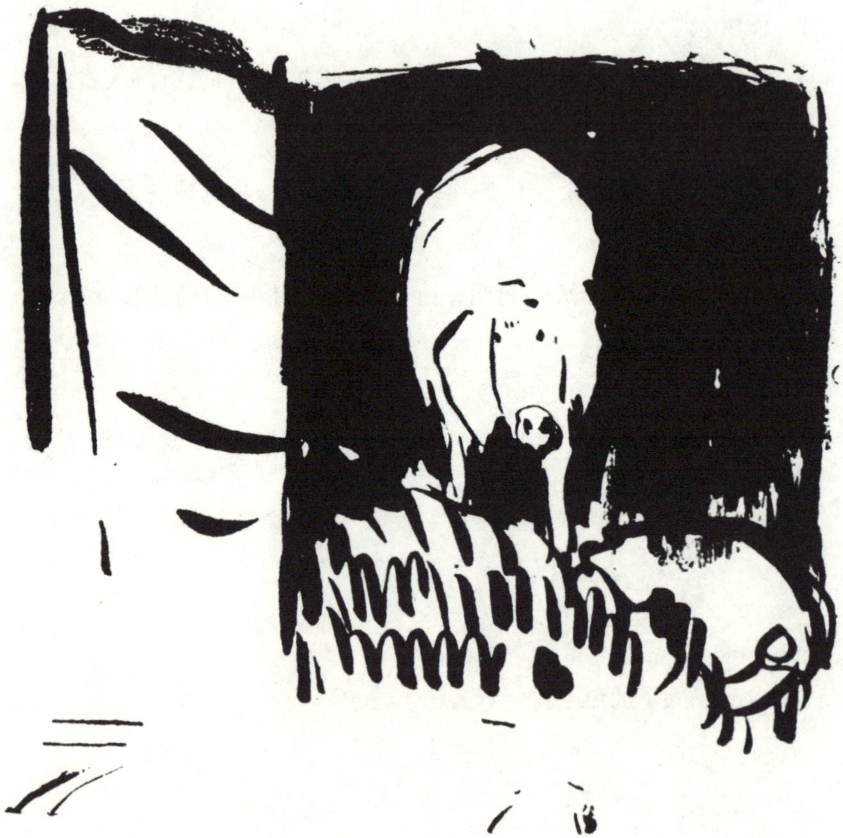

猪

"呶呶"地叫个不停,亲昵得很,就好像我们跟你是一道似的,你拱起鼻头到处闻啊嗅啊,走路也又靠蹄子又靠它。

在你那甜菜叶子形状的大耳朵下面隐藏着两只黑茶藨子似的小眼睛。

你大腹便便好像一盆鲭鱼醋栗。

你的鬃毛也像它,皮色透亮,还有一小截卷卷曲曲的小尾巴。

那些坏小子叫你:"脏猪!"

他们说如果什么都不叫你讨厌,你可是让大伙儿讨厌,还说你只爱油腻的污水。

他们在诬蔑你。

要是他们常给你洗脸，你的脸一定面色红润。

你这样不修边幅是他们的错。

人家铺好床，你去睡，不干不净是你的第二天性。

猪和珍珠

猪一放到草地上,张口就吃,那张嘴巴像雨点似的再也不离开地面。

他并不专拣嫩草。遇到什么都啃,那只不知疲倦的鼻子往前直拱,像把犁铧,又像只瞎了眼睛的鼹鼠。

他只管把他那个已经粗具腌肉缸规模的大肚子填得圆圆滚滚,从来不问天气好坏。

他的鬃毛在中午的烈日底下烤灼得几乎快着火了,这有什么关系呢?这沉郁的云层饱含着冰雹,正在草地上方到处延伸,都快塌下来了,然而这又有什么关系呢?

你瞧,喜鹊展翅飞逸,火鸡躲进了篱笆,充满稚气的小马驹子也栖伏在橡树底下。

可猪还是待在吃食的地方。

一口也不肯放松。

即使感到不大舒泰,他的尾巴还是连摆也不摆动一下。

冰雹劈头盖脸地打下来了,他只是咕哝着:

"尽是些肮脏的珍珠!"

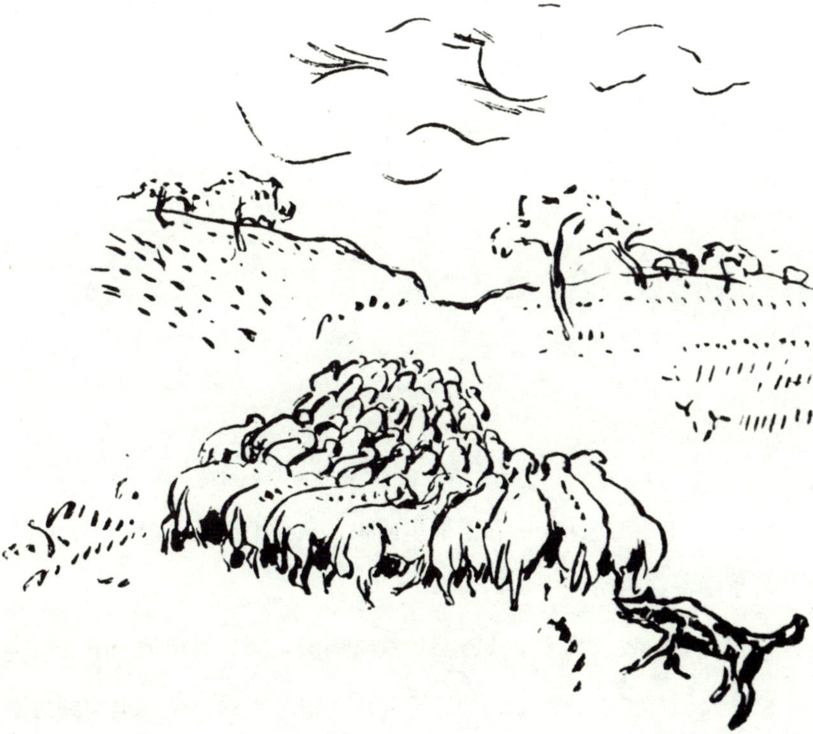

绵　羊

一

　　他们从刚收割过作物的茬子地里回来,从早上起他们就在那儿吃草,鼻子隐没在身影之中。
　　只要躲懒的牧人打个手势,那狗就跑到该去的一侧顶他一下。
　　整个路面都被羊群占了,如波涛起伏,浪花飞卷,从一道沟到另一道沟,泛滥开去,或复聚拢成堆,柔和一色,簇拥而过。当羊群碎步快跑的时候,无数小蹄子发出一片荒芜的"飒飒"声,在尘土纷飞的路上印上了蜂巢的标记。
　　这只卷毛绵羊,装饰得漂漂亮亮,像气球冲向空中,跳跳蹦蹦,那小号角似的耳朵边沿露出许多绒球。

还有一只,他有点眩晕,脑袋像没拧紧似的老是碰撞着膝头。

全部冲进了村子。今天简直成了他们的节日,都带着一种难以抑制的活泼劲,他们一路上欢欣得"咩咩"直叫。

不过并不在村子里歇息,喏,在那远处,我看到他们又出现了。他们走在远远的那抹地平线上,每遇到山坡,就轻快地一跃而上,向着太阳。他们相互靠拢,一个个偎卧着。

有几只掉队的,构成一列意外的最后队形,然后跟像绕成线团似的队伍会合。

这团轻絮浮现出来,两翼平平地张开,像白色的泡沫,继而化作风烟、水汽,最后什么都没有了。

只剩下一只脚搁在外边。

羊群的队伍拉长了,细细的,成了一条线,像个纺锤,茫茫无边。怕冷的羊围绕着困倦的太阳入睡。太阳收敛起它的冠冕,把光芒扎进他们的绒毛里去,直到翌日。

二

绵羊。咩……咩……咩……

牧羊狗。已经没有玉米啦!①

---

① 咩(mée),羊叫声,答话中用 mais(但是);作者用这个谐音使人联想起 maïs(玉米)。

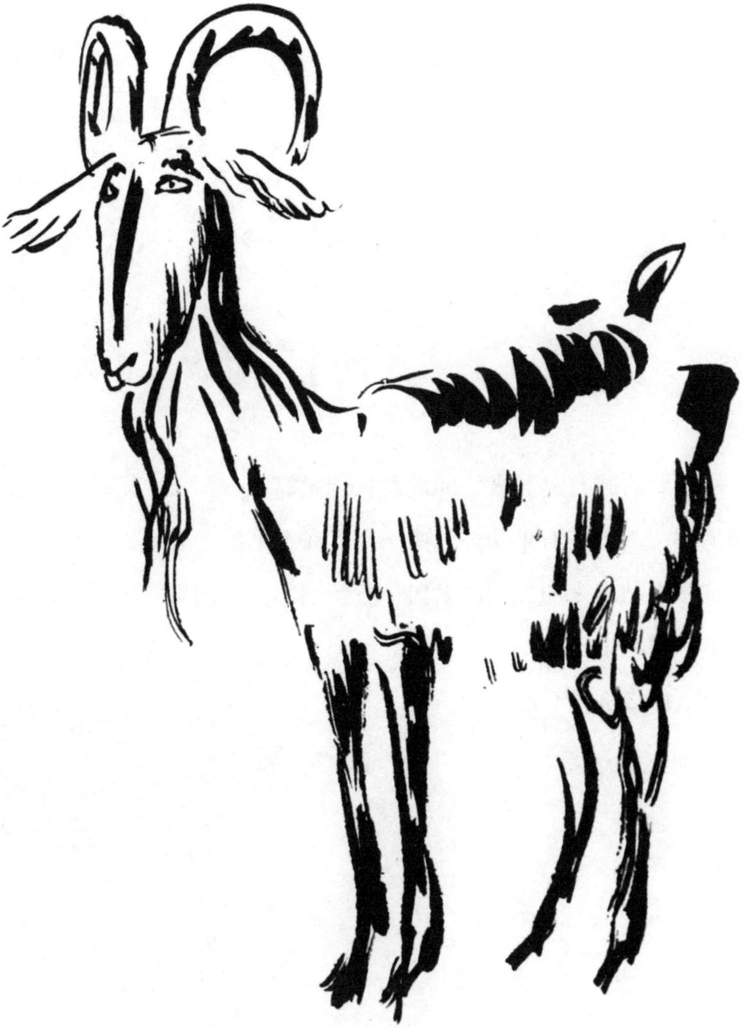

母山羊

　　她撑着后腿直立起来,前面两只脚紧靠在告示上,摆动着弯弯的角和胡须,头也左右晃动,就像一个正在看书的老太太。
　　这张刚贴出来的告示散发出一股新刷的糨糊的香味。看完,母山羊一口把它吃了下去。
　　镇上什么都没有浪费。

公 山 羊

他人还没有到,身上的那股气味就先到了。

他总是在羊群前面领头走,母山羊跟随着他,杂杂沓沓,在一片烟尘翻滚之中。

他长长的尾巴,从背脊上延伸过一道单一的直线直到尾梢。

他引以为豪的不是胡子,而是他高大的身躯;胡子嘛,母山羊颌下同样有着一捧胡子。

他走过时,有人掩住鼻子,也有人还挺喜欢这股味道呢。

他从不左顾右盼:总是挺直身子走,尖耳朵,短尾巴。要是有人想把罪过转嫁给他,他什么也不知道,他正儿八经地一边走一边撒下一连串羊屎豆。

他名叫亚历山大,许多狗都认识他。

一天过去了,太阳隐没下去,他跟在田间收庄稼的人一起,又返回村子里。他后面那双脚,由于老迈而愈加弯曲,渐渐成了个镰刀似的半月形状。

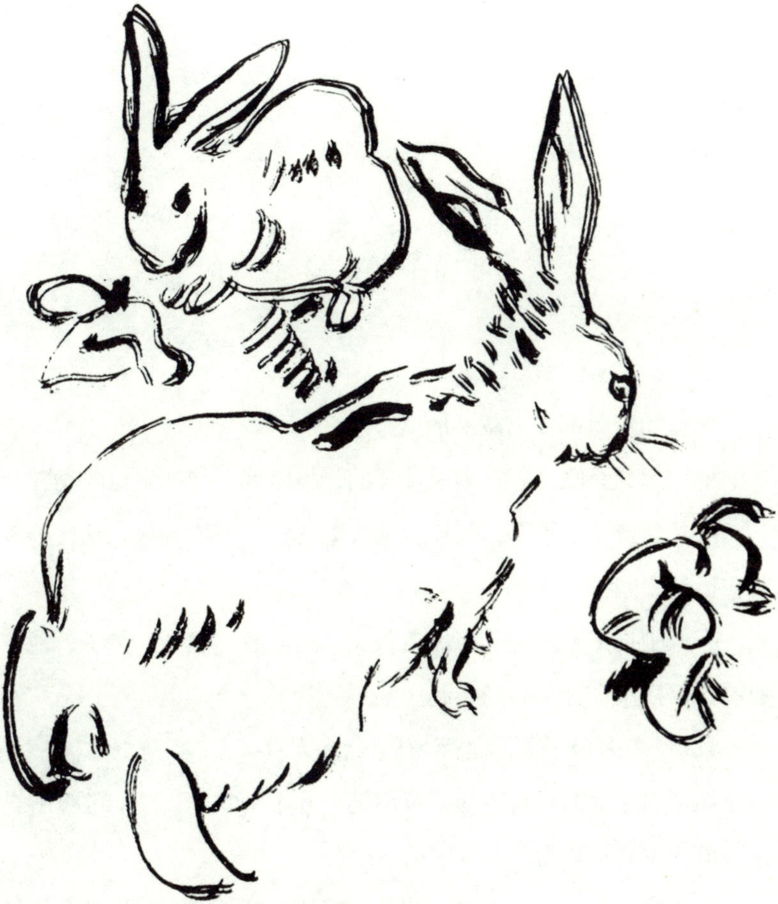

家　兔

　　黑兔和灰兔都在半截木桶里。
　　他们每天只吃一餐：脚毛茸茸的，挺暖和，像母牛似的吃着草。
　　要是新鲜草送迟了，他们就啃食老的，一直吃到根，根还可以驻留在齿颊之间。
　　有人刚扔下一棵生菜。黑兔灰兔一道吃着，鼻子对鼻子，他们下劲嚼，摇摇头，耳朵高高竖起。
　　只剩下一片叶子了，他俩抓住它，一人咬一头，看哪个快。
　　你会以为他们在玩，他们可不笑，叶子一吃光，他们的嘴唇合拢在一道，以表示热烈的友爱之情。
　　灰兔感到自己体力不支。从昨天起他的肚子大了，一包水使得他膨胀起来。他实在填得太饱了，虽说是一片生菜叶子，但吃过后一点不饿，可真叫他受不了。他放下叶子，在他的粪粒上侧着身子睡觉，一阵短暂的抽搐。

你瞧他直挺挺的,四脚叉开,好像在为军火商做广告,"百发百中,无远弗及"。

一会儿黑兔惊诧得停了下来。他像烛台那样踞坐着,停匀地呼吸,双唇紧闭,眼周围一圈粉红色,他凝望着。

他那样子真像个神秘的巫师。

那两只耳朵直竖,示意这崇高的时刻。

后来双耳又耷拉下来。

他已经吃完了那片生菜叶子。

野　兔

菲利普答应过我让我看看守在窝里的野兔。这件事可不容易，这只有具备丰富经验的老猎人的那份眼力才成。

我们穿过庄稼刚刚收过的田亩，这里北面都是陡坡。

一清早起风，一只野兔为了避风在这儿待过，可大白天里风向转了，野兔仍然待在洞里，直到第二天夜晚。

打猎的时候，我总是注视着狗、树林、云雀、天空；菲利普凝神望着地面。他朝上坡下坡的每一道沟儿坎儿扫了一眼。一块石头、一个土疙瘩引起了他的注意，兴许那是野兔？他得仔细看看。

对，有一只！

"你开枪，好吗？"菲利普压着声对我说。

我转过身。菲利普，一动不动，两只眼睛死盯着田野里的一个点，抬起枪，似乎准备射击。

野 兔

"你看见他了？"他问。

"在哪里？"

"你没看见他的眼睛在闪动？"

"没有。"

"喏，就在你前面。"

"在田坎里？"

"对，但不是第一道坎子，是另一道。"

"我什么也没看清。"

我无奈地揉揉迷茫的眼睛。菲利普，因为在瞥见野兔时已经经受了一番折腾，脸色苍白，净跟我说：

"你看不见他？你还看不见吗？"

他双手颤抖，他害怕野兔跑了。

"你用枪指给我看。"我说。

"喏，那儿，顺着准星，你瞧，眼睛，他的眼睛！"

"啊，我什么都看到啦；把枪抵住肩膀，瞄准。"

我靠在菲利普身子后头，可是，即使顺着那个枪准星，还是看不到！

真恼人！

我看到了什么东西，可那不是野兔；那是野地上的凸起部分，黄黄的，跟庄稼地里的土块一样。我吃力地寻找那只眼睛，可什么也找不到。我真忍不住想对菲利普说：

"管他呢，开枪吧！"

这时，原来在远处奔跑的猎狗又回到了我们身边。因为风向不对，他嗅不出野兔在何处，但他随时都能冲出去。他稍微有个动静，菲利普就压低嗓子低声威胁他，还拳脚并施，不许他乱动。

菲利普也不跟我讲话了，他尽一切可能，他料想我会放弃。

嚯！这乌黑的眼睛，又圆又大，像个小李子似的，这饱受惊恐的野兔眼睛啊，它在哪儿？

啊，我看见了。

我"叭"的一枪，野兔脑袋开了花，蹦到了窝外头。对，就是我看到的这只野兔。刚才我几乎一眼就看到了他，我的视力不错，起初我真被他的故弄玄虚给蒙住了。我还以为他像小狗那样身子缩成一团呢，于是我在那个圆圈里寻找眼睛。野兔身子长长的，趴在窝里，前爪并拢，耳朵低垂。他趴洞只是为了让屁股尽量贴着地面，他屁股在这儿，眼睛在那儿，隔得老远。就因为这个缘故，我才短暂地迟疑了一下。

"打洞里的兔子不算本事。"我对菲利普说，"我们本该先扔块石头过去，待他猛地窜出来，我们双枪俱发，他就逃不了啦！"

"下回就这样。"菲利普说。

"你给我指点得好，菲利普，并不是很多猎人都像你这样的。"

"我可不是对所有的人都这样。"菲利普说。

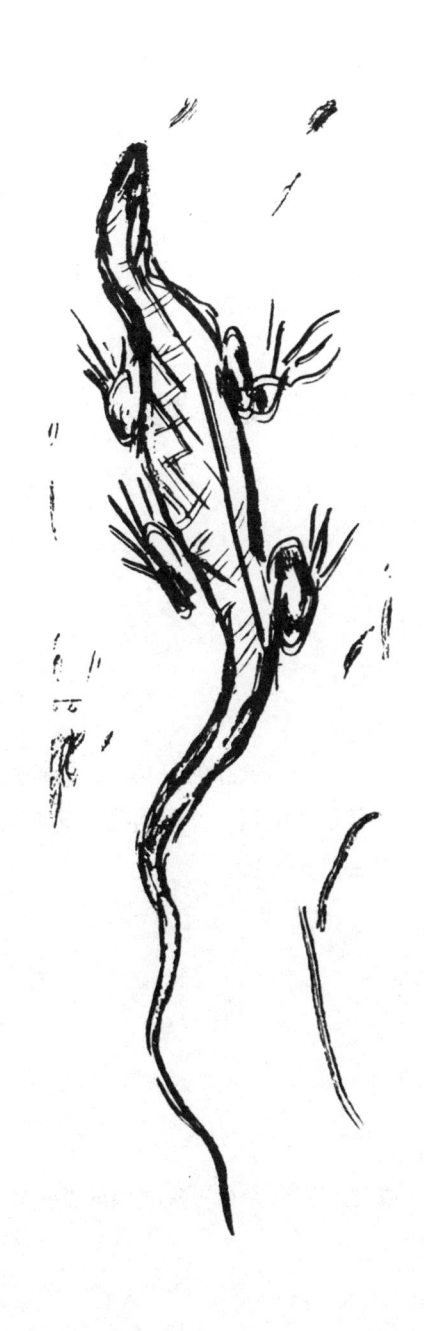

蜥　蜴

一

　　我倚身在这块裂开了一道缝隙的石头上，蜥蜴这石头之子啊，他爬到我的肩上，以为我是墙的延续，因为我一动不动，而我外套的颜色也跟墙一样。这仍然使我快活。

二

　　墙——我不知道背上怎么会有一阵战栗的感觉。
　　蜥蜴——是我。

绿蜥蜴

当心,油漆未干。

水　蛇

这段绞痛的肠子，是从哪个肚子里掉下来的？

鼬

　　清贫，但是干干净净，雅致，她轻盈地跳跃着，在路上一会儿过来一会儿过去，她从一道壕沟到另一道壕沟，从一个洞到另一个洞，总要打上一点标记。

刺　猬

一

请揩干您的……

二

抓我的时候要松松的,掌握分寸,千万不能太紧。

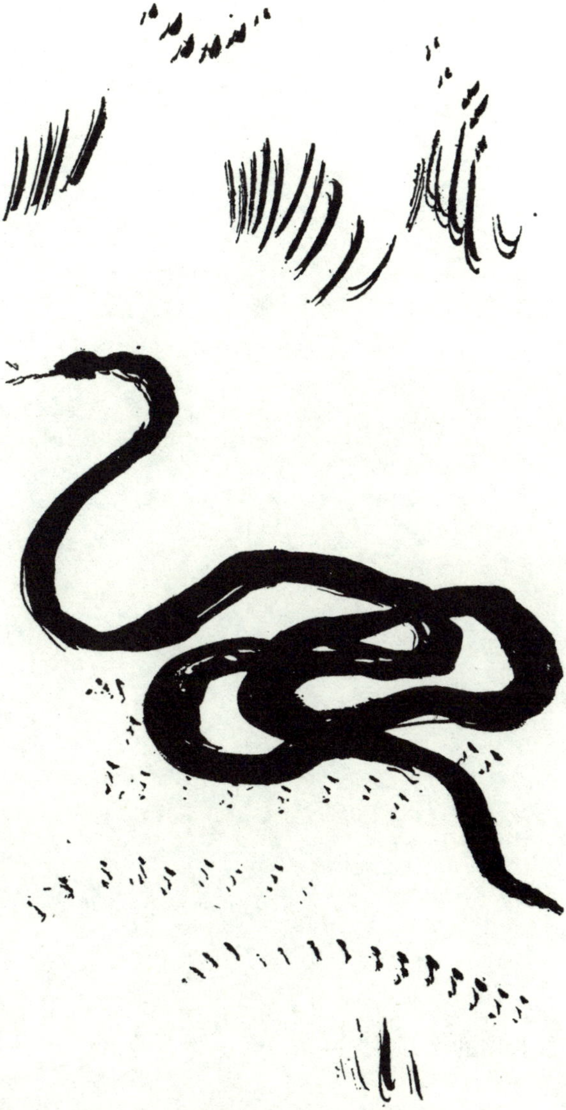

蛇

一

太长了。

二

子午线长度的十万分之一。

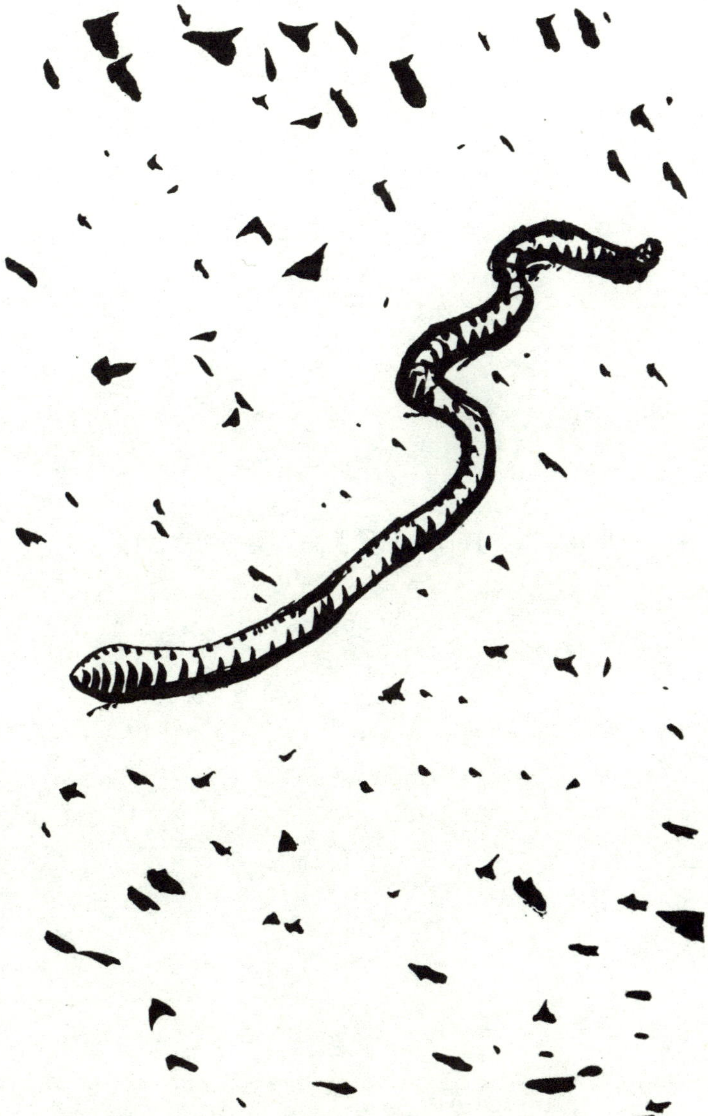

虫

瞧，这儿有一条，直直的，长长的，美得像根面条。

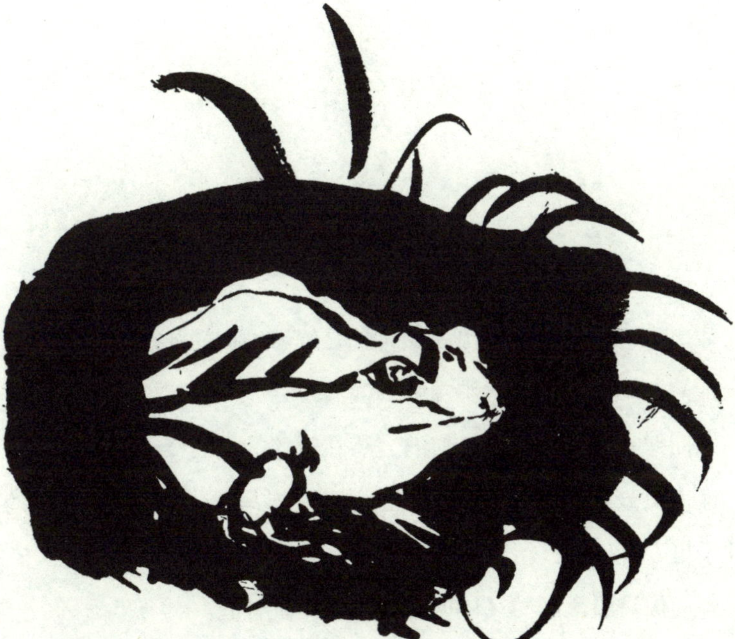

青　蛙

猛一松，她们就跳了出去。青蛙在练习她们的弹跳力。

她们在草丛上跳跃仿佛沸腾的油滴。

她们像一方方青铜镇纸似的，蹲在睡莲的大圆叶子上。

这一只鼓足了气。人们朝她的阔嘴里放一个"苏"，放到她的扑满肚子里。

她们像一股沼泽的气体似的，从污泥里升起。

一动也不动，她们仿佛是水花的大眼睛，池塘的瘤子。

她们盘腿危坐，惊愕地，对着落日打哈欠，然后，就像街头喧嚷的小贩那样，大声叫喊，传播当天的最新消息。

今晚她们将在家里待客吧；你听见那杯盏碰撞的声音了吗？

时而，她们张口吞吃一只昆虫。

其余的都在谈情说爱。

青　蛙

所有的青蛙，都想学学钓鱼。

我毫不费劲地折断了一根钓竿。

我的外套上有一枚别针，我来把它弯成鱼钩。线，我不缺少。

不过我还需要一根绒线，一段随便什么红的东西。

我在自己身上，在地下，在天上寻觅。

什么也没有找着，我怅惘地凝望着我撕裂了的纽扣洞，这倒是现成的，但人们并不太急于用红带子装饰它。

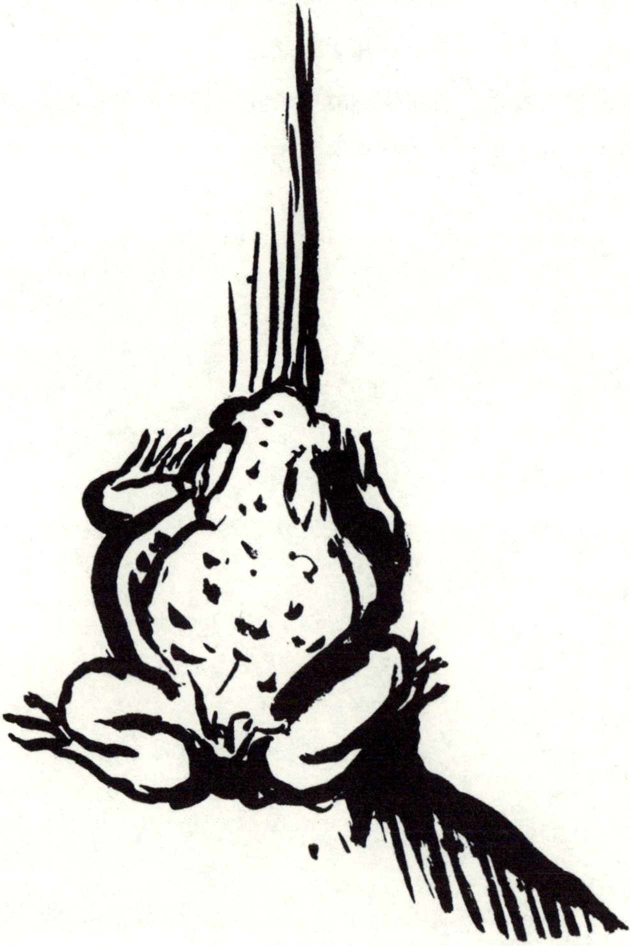

蟾　蜍

　　他出生于石头下，生活在石头下，而最后还是在这里，他自掘一抔墓土。

　　我时常去拜访他；每回，我揭开那块石头，心里真怕看到他在那里，但又害怕他不在那里。

　　可是他总是在那里。

　　他藏身在这干燥住处，洁净，窄狭，真是别有洞天，他占了整个，胀大得像只悭吝人的钱包。

　　兴许是一场雨催他出来的吧，他来到我面前。呆呆板板，连跳带爬地几下，迤逦而来。他盘膝打坐，用那双红彤彤的眼睛凝视着我。如果不公平的世界把他当成癞子，我可不怕蹲在他身边，我可不怕把我自己的脸贴近他的脸。

　　然后我得克服残余的一点厌恶，我要用手抚摸你，蟾蜍！

在生活里倒也隐忍住了，可心里总觉得不快活。

可是昨天，我失去了触觉。他鼓胀起来，水淋淋的，浑身疙瘩，完全破了。

"我可怜的朋友，"我对他说，"我不愿叫你难过，不过，天哪！你好丑啊！"

他张开他那张稚气的、没有牙的嘴巴，呵着热气，操着一副英国腔回答我：

"那么，你呢？"

蚱　蜢

难道说他是昆虫界的宪警？

他整天跳动，拼命追逐他永远也捕捉不到的那批看不见的偷猎者。

最丰茂的草也挡他不住。

他什么都不怕，因为他足蹬七里靴，长着个公牛脖子，明慧的前额，流线型的肚子，赛璐珞似的翅膀，魔鬼般的双角，身子后边还拖着一把大刀。

既然具备了宪警的种种德行，当然也就不能没有他们的罪过了，应当说，蚱蜢最爱咀嚼烟草。

你不信，你自己叉开手指去追逐他，跟他玩"抢四方"，等你在他欲跳未跳之际，在苜蓿叶子上逮住了他，你仔细观察他的嘴：从他那可怕的大颚里准能分泌出黑色泡沫，那色泽跟烟草一模一样。

不过你逮不住他，跳跃的念头又来到他的心中。这绿色的小鬼挺起他柔弱而易断的腰杆，用力一挣扎，就脱了身，在你手上只留下一条小腿。

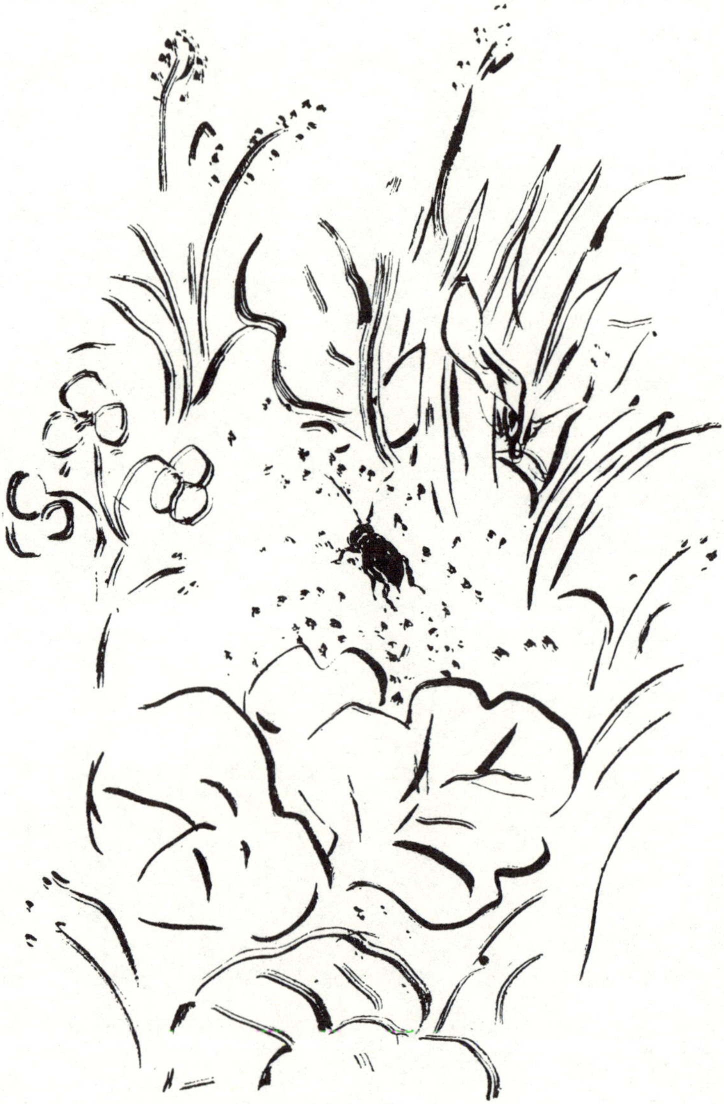

蟋　蟀

　　这只黑黢黢的虫子,如今已倦于漂泊,漫游归来,正在细心整理他那片荒芜了的园地。
　　首先他耙平了那条狭窄的沙土小径。
　　他从房屋门槛上清除掉散落的木屑。
　　他锉断了那棵拦路的巨大野草。
　　他休息一会儿。
　　然后他给他那只精微的小表上发条。
　　他上好了,还是表坏了?现在他再休息一小会儿。
　　他又回到屋里,关上门。
　　他在那把结构灵巧的锁孔里久久不息地转动钥匙。
　　喏,他谛听:
　　外面一点动静都没有。

不过他还是感到不大安全。

于是，仿佛是通过滑车的小链条，"咯吱咯吱"地转动，他下到土地深处。

什么也听不见了。

在沉寂的旷野中，几株白杨伸向天空，像手指似的指着月亮。

蟑　螂

漆黑的，扁扁的，像个锁洞。

萤火虫

一

有什么事呢？晚上九点钟了，他屋里还点着灯。

二

草丛里的一抹月华！

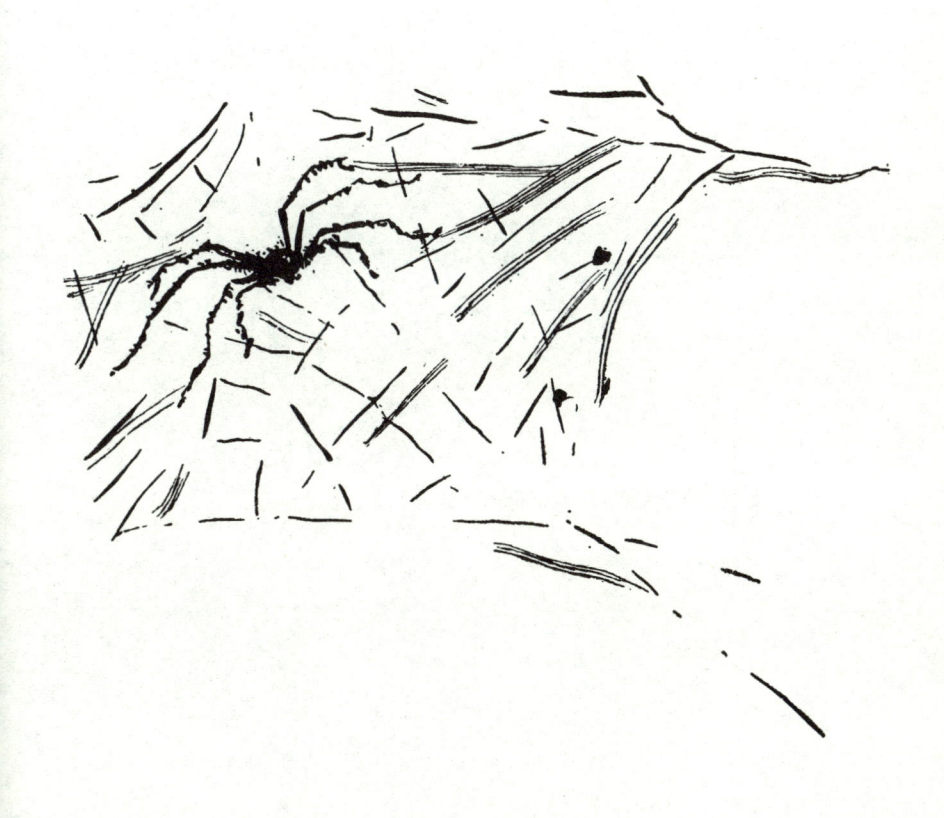

蜘　蛛

一

一只毛茸茸的黑色小手蜷缩在头发绺儿上。

二

通宵，她以月亮的名义，在盖她的大印。

金龟子

一

一个迟开的花蕾蓦然绽放,从栗树上飞走了。

二

他比空气重,几乎没有定向,固执地嘟嘟囔囔的,鼓起那副巧克力翅膀,终于到达了目的地。

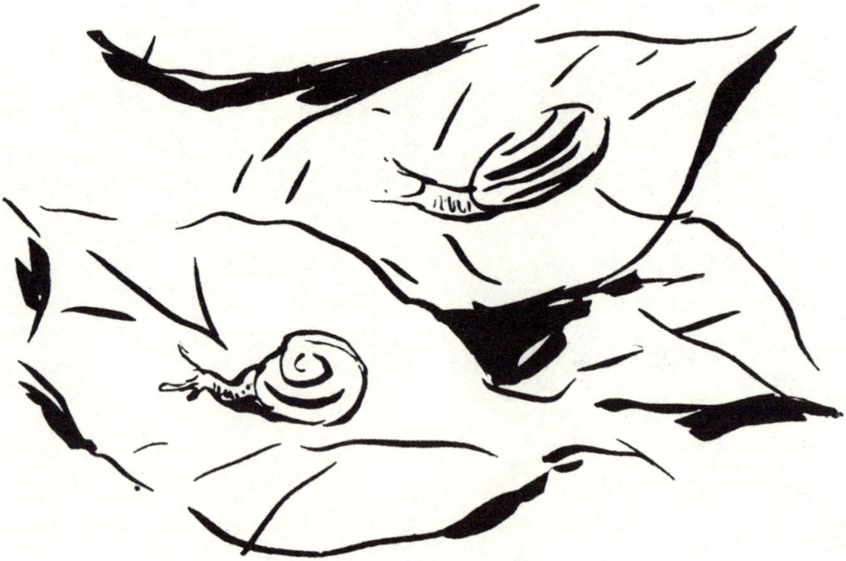

蜗　牛

一

在感冒流行的季节,他总是深居简出。蜗牛缩起他那长颈鹿似的脖子,激动得像只圆鼓鼓的大鼻头。

一到晴天,他常常漫步,不过他只会用舌头走路。

二

我的小同学阿贝尔最喜欢玩蜗牛。

他养了一满屉子蜗牛。为了好辨认,他用铅笔在他们的壳上标上数字。

天旱,蜗牛都睡在屉子里。一旦雨水威胁到他们,阿贝尔就把他们取出来排列好,但如果老不下雨,他就在屉子上倒一盆水。

所有的蜗牛,他说,除了妈妈们在屉子深处孵蛋,都在一条名叫巴巴尔的狗(实际上这只是阿贝尔用手推动的一块铅片)的照管下漫游。

当我跟他谈到这种训练的坏处时,我发现他老是跟我打手势表示"不",甚至他嘴里回答"是"的时候也如此。

"阿贝尔,"我对他说,"为什么你的头总是左右摆动呢?"

"这儿有块糖。"阿贝尔说。

"什么糖?"

"喏,你瞧。"

当他趴下,把几乎跑掉的8号拉回来时,我看见阿贝尔的脖子上,就在皮肤和衬衫之间,有根线系着一块糖,像是什么勋章似的。

"这是妈妈给我系上的,"他说,"她想惩罚我。"

"这叫你不舒服吗?"

"有点痒痒。"

"难过吧,啊,全红啦!"

"不过她原谅我的时候,"阿贝尔说,"我就把它吃掉。"

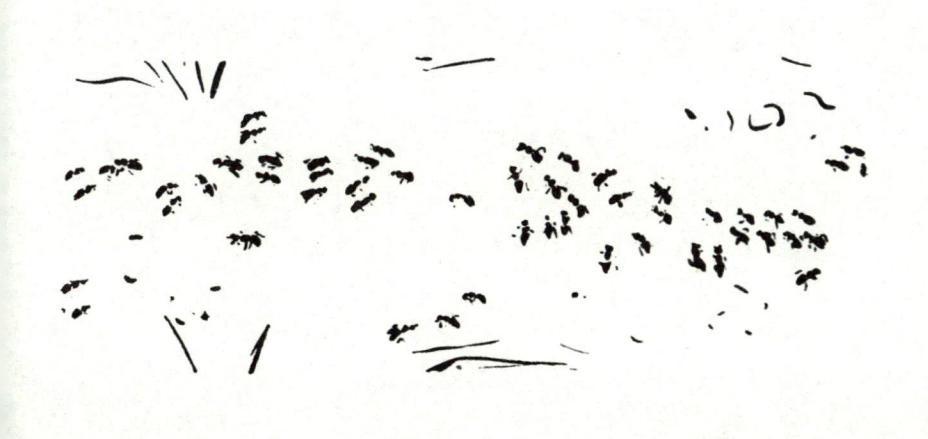

蚂　蚁

她们中间的每一个都像 3 这个数字。

不少！真不少！

这么多 3 3 3 3 3 3 3 3 3 3 3 3……直至无限。

蚂蚁和小山鹑

一只蚂蚁跌落在注满雨水的车辙里,快淹死了,这时刚好有一只小山鹑在饮水,就用喙把她夹上来,救了她的命。

"我将来会报答你的。"蚂蚁说。

"现在,"小山鹑有点不相信,答道,"已经不是拉封丹[①]的时代了。我倒不是不相信你对我的感激之情,不过要是有一天猎人想杀死我,你又怎么能咬到他的脚后跟呢!今天的猎人又不赤脚走路。"

蚂蚁也不争辩,她立即找到她的姐妹们,她们正顺着同一条道儿走来,好像一串串黑色的珍珠链子。

然而猎人离得并不远;他就偃伏在山坡树荫底下,他窥见小山鹑

[①] 拉封丹(La Fontaine,1621—1695),法国寓言诗人。

在刚收割过的麦田里快速地一边走动,一边啄食。他站起来正准备射击,忽然感到右臂上有几只蚂蚁在咬。他端不稳枪,胳臂无力地垂下,小山鹑没等到他从麻木状态恢复过来,就飞走了。

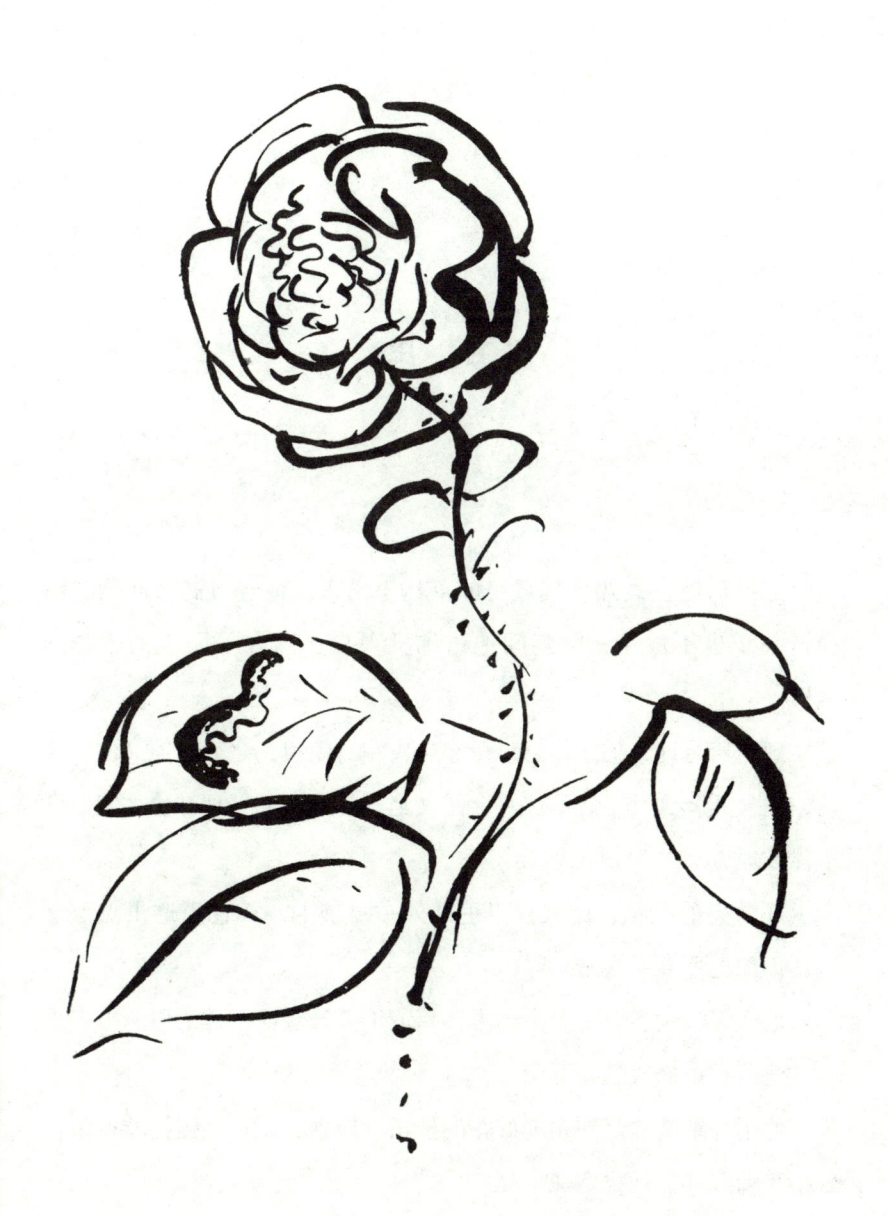

毛　虫

　　毛虫从他在大热天气藏身的草丛里出来。他经过高低起伏的沙径，一步也不停留，顷刻间他仿佛觉得自己落在了园丁的木鞋旧辙里。

　　到达草莓地，他才休息，昂起鼻头左右嗅嗅；之后，他又向前移动，一会儿爬到叶子底下，一会儿又到了叶子上面，现在他才明白到了什么地方。

　　好漂亮的毛虫，肥大，里里外外一身绒毛，棕色里透出点点金星，再配上那双黑眼睛！

　　他凭着嗅觉引路，动来动去，一下子又紧蹙如一道浓眉。

　　他停在一株玫瑰花下面。

　　他用纤细的钩足在粗糙的花的枝条下摸索、试探，摇晃着像条初生小狗的头部，他决定往上爬。

这一次，他简直是异常艰辛地吞噬下每一寸路程。

枝的顶端，盛开着一朵颜色如少女的玫瑰花，款款摆动，香气馥郁，令他陶醉。玫瑰花让这第一条毛虫从树茎上爬上去，把他当礼物一样欢迎。

大概他预感到今夜天气就要转冷，所以才高高兴兴地围上一条皮毛围脖儿。

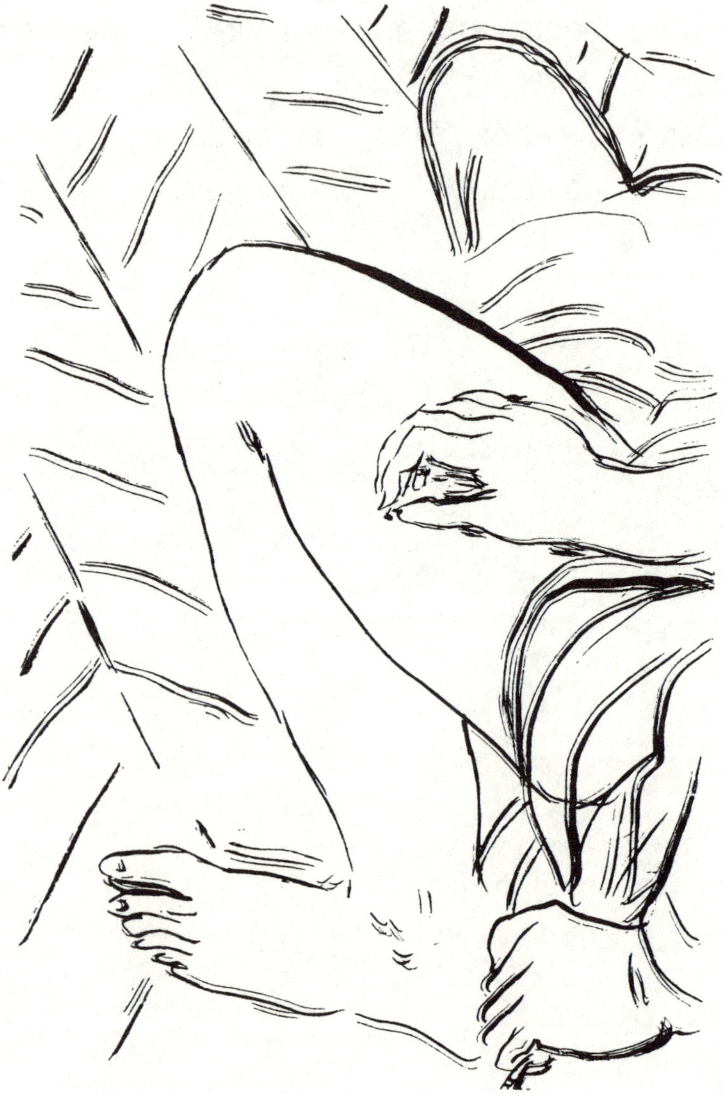

跳　蚤

一粒带弹簧的烟草种子。

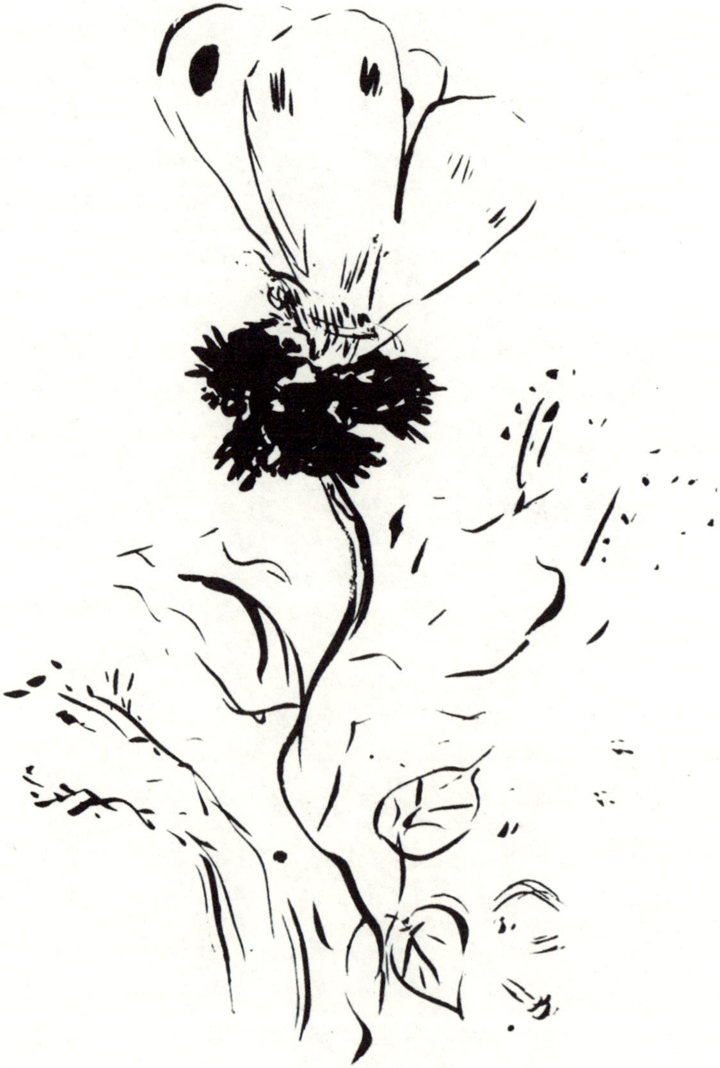

蝴　蝶

这一幅对折的情书锦笺，正寻觅着花的住处。

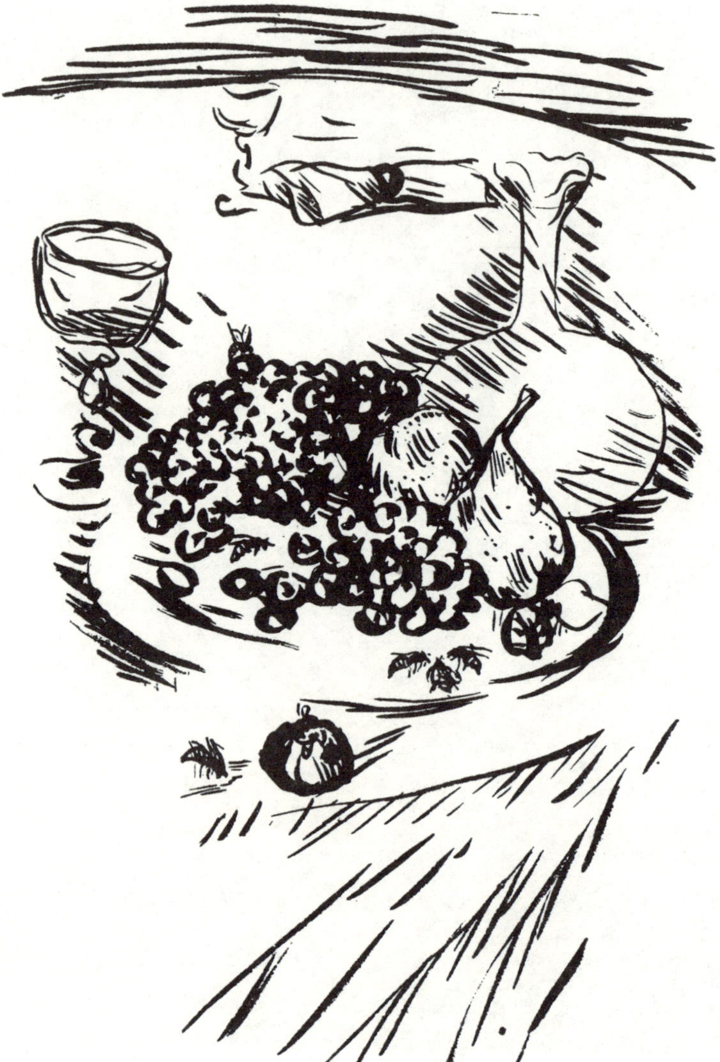

黄　蜂

最后她终于折断了自己的细腰！

蜻　蜓

她在治疗眼炎这个老毛病。
从小河这边飞到那边,她总要在清水里浸一浸她那红肿的眼睛。
她轻轻发出一点爆裂声,仿佛带电在飞行。

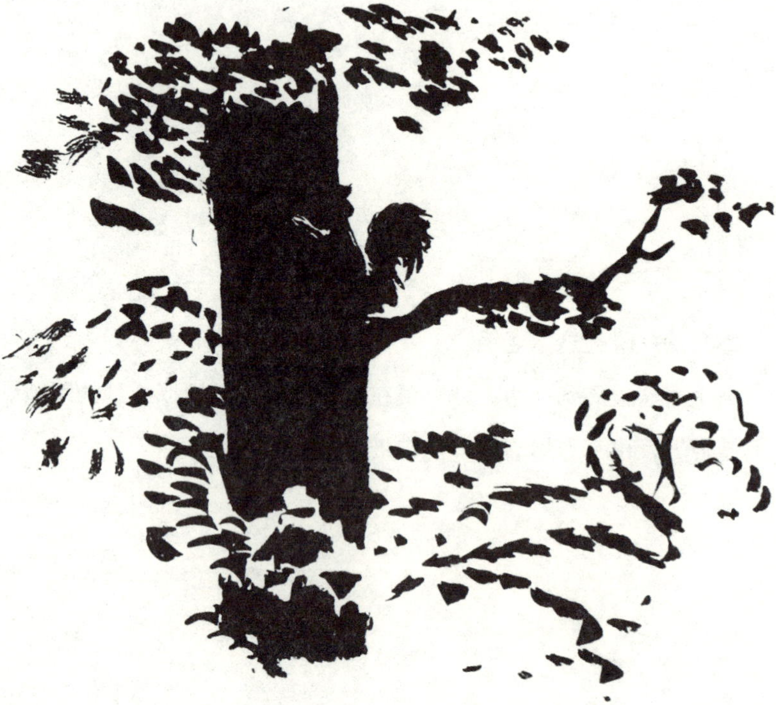

松　鼠

一

　　好漂亮的羽毛围脖！对，大概是的；不过，我的小朋友，这戴的可不是地方。

二

　　秋天，机灵的点灯人在叶丛间穿来穿去，不时地闪过尾巴上那个小小的火炬。

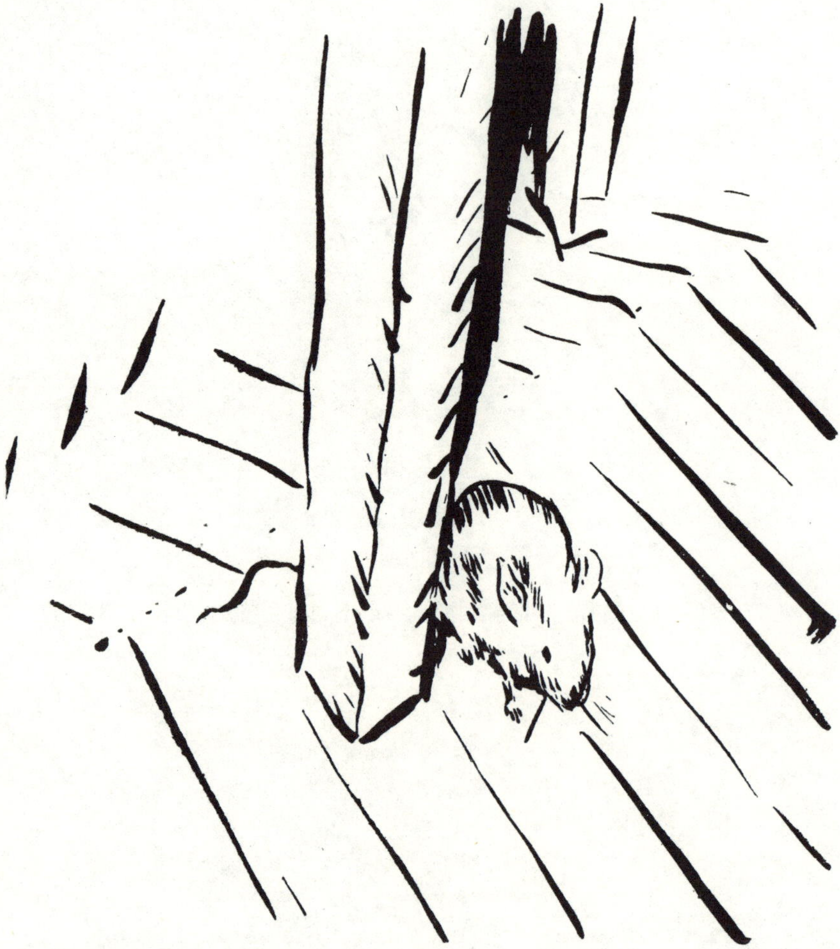

老　鼠

每天当我在灯下写东西时,我总听见一阵窸窸窣窣的响声。我一停,响声也停。只要我又在纸上写画,响声又来了。

是只小老鼠在闹。

我猜她是在我们家女仆摆抹布、刷子等什物的那个阴暗角落里活动。

她跳到地上,就在厨房里那块石板上小步小步地不断窜动。她经过壁炉旁边、洗碗槽下面,然后隐没在餐具之间;由于她越来越放肆地进行这一系列侦察活动,她离我更近了。

每次我放下笔杆,这阵寂静反而使她惴惴不安。可每次我拿起笔来写字,她以为兴许在哪里另外还有一只老鼠呢,于是她安下心来。

后来我不再看到她了。她在桌下,我的两腿之间。她从一把椅子的脚转到另一把椅子的脚。她碰到我的木鞋,轻轻咬咬木头,或者,竟决然爬在上面！

　　我腿不能动，呼吸也不能太重：要不她会开溜。

　　不过我得继续写作啊，我写了一些数码、一些琐事，微小的、细碎而又细碎的东西，就像她轻轻地啮食一样。

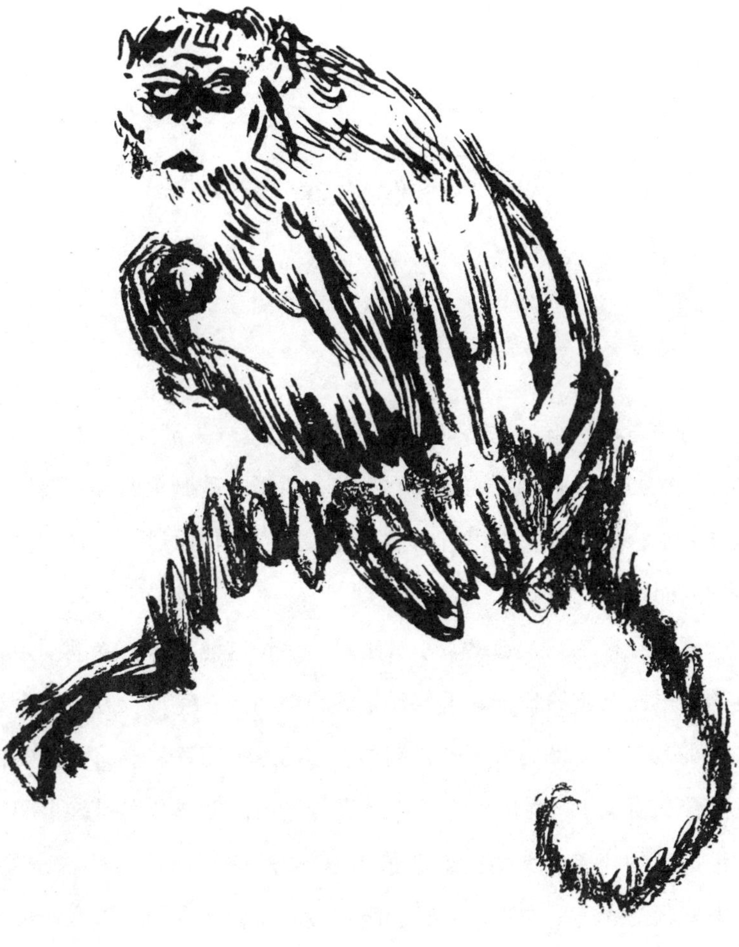

猴　群

　　请去看看猴群（这些调皮鬼把自己的短裤头都扯烂啦！），他们攀缘，在初升的阳光下面跳舞，气恼，扒搔，乱撕东西，带着原始的风度喝水；他们的眼睛里有时显得焦躁不安，但没过一会儿，又放射出一闪而过的光芒。

　　请去看看红鹳，她踮着小脚走路，生怕这池清水会弄潮了她粉红色的衬裙；天鹅的脖子套上那浮华的铅白项圈；鸵鸟长着一对小鸡翅膀，头戴一顶当班的火车站长制帽；鹳鸟总是高耸着双肩（其实，这没有什么意义）；秃鹳在他那件薄薄的夹克衫里瑟瑟发抖；企鹅穿着件带披肩的斗篷，塘鹅挺着那张像把木刀的嘴，还有不少虎皮鹦鹉，其中最驯良的还不如管理人员驯服，最后还会从我们手里取一枚当十个"苏"的硬币。

　　请去看看牦牛；长颈鹿的那个按在长矛顶端的脑袋高耸在铁栅外

面；大象在门口曳着他那双肥拖鞋，弓着身子，鼻头朝地：他几乎完全隐没在过于升高了的大口袋里，而身后，还悬挂着一截小绳头。

请去看看豪猪，他披着一身钢笔杆，叫他自己和他的女朋友都不舒服；这匹斑马乃是所有斑马中最好的典范；美洲虎下到他床脚底下；熊给我们逗乐又不逗乐；还有那头疲倦得净打哈欠的狮子，也让我们打起了哈欠。

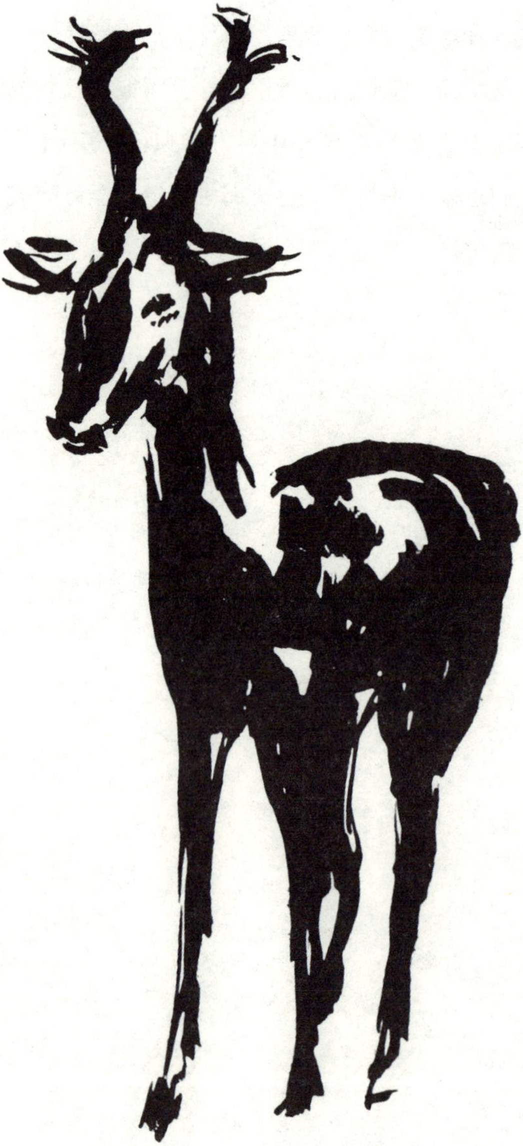

鹿

我从小路的一头走进树林,这时他从林子的另外一头过来。

起先我以为是一个陌生人顶着一盆花在走路。

随即我瞥见一株矮矮的小树,枝柯扶疏,没有叶子。

最后,鹿一下子出现了,于是我俩都停住脚步。

我跟他说:

"过来吧,别害怕。别看我背着枪,这不过是模仿那些神气十足的人,摆摆派头,我可从来不用,我的子弹都还搁在子弹盒子里。"

鹿细听,嗅嗅我的话音。我一说完,他毫不犹豫地撒腿就跑,他那两条腿像一阵风,刮得树枝一会儿交叉,一会儿又分开。他逃跑了。

"多遗憾!"我向他直叫嚷,"我本来还想着咱们一道上路呢。我啊,我要亲手给你送上一把你爱吃的草,而你呢,你就在叉角上横担着我的枪,款款漫步。"

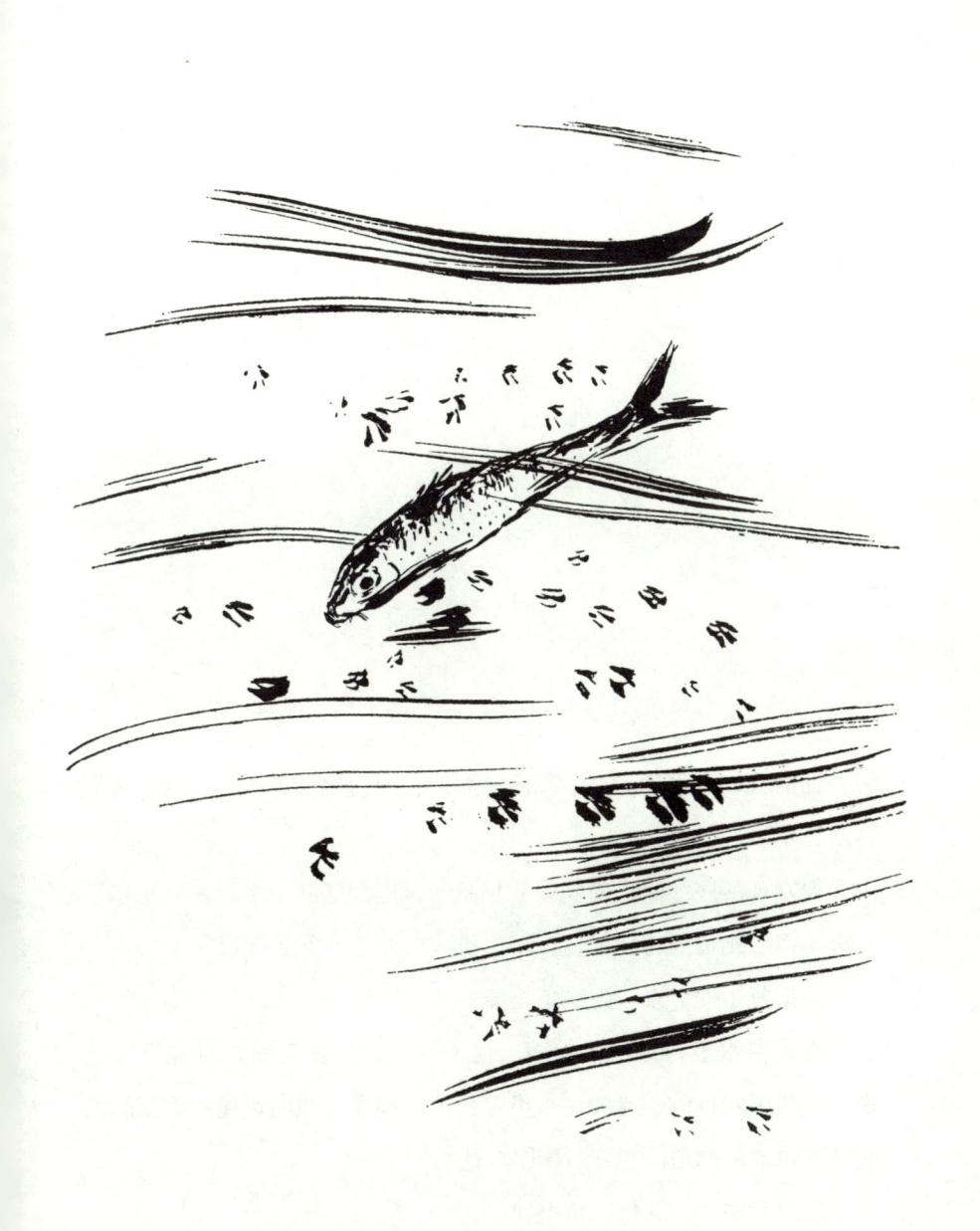

鲍 鱼

一

　　他沿着细石累累的路，溯激流而上：因为他既不喜欢污泥，又不喜欢青草。

　　他发现河底沙碛上横躺着一只瓶子，里面盛满了水。我故意忘记放进鱼饵。鲍鱼围着它尽打转转，找入口处，一下子被捉住了。

　　我把瓶子提上来，把鲍鱼扔掉。

　　在表层水里，他听见响声。他不但不逃避，反而好奇地靠拢过来。是我闹着玩的，赤脚在水里踩，用一根撑杆在网边搅动深深的水底。这执拗的鲍鱼总想穿过网眼。他落网了。

　　我拉起网来，又把鲍鱼扔掉。

突然，深水里的一阵骚动牵动了我的钓丝，把系在线上的双色浮子直曳入水底。

我提起钓竿，还是他。

我把他从渔钩上脱下来，再把他扔掉。

这一回，总不会再上来了吧。

他一动也不动，待在我脚下那清澈而明净的水里，他那宽阔的脑袋、呆滞的眼睛和一抹口须，我看得清清楚楚。

经过这么一番波折，他的嘴唇裂开了，他吧嗒着嘴，然后用力呼吸。

可是怎么也不能叫他学点乖。

我又重新放下装着同一条小虫的钓丝。

立刻这头鲍鱼又咬钩了。

我们两个究竟谁先感到厌倦呢？

二

好鱼，他们都坚决不愿上钩。他们不晓得今天是钓鱼人开市大吉的第一天吗？

白斑鲃鱼

　　静静地待在柳树荫下，一动也不动，仿佛老强盗藏掖在腰间的一把短刀。

鲸

　　她的嘴里肯定有些什么变成了女式紧身褡吧，不过，像她这么魁梧胖大的腰围怎么穿得上！……

鱼

凡尔奈先生不是个疙疙瘩瘩的钓鱼人，他于此道并不精通，只是爱啰唆，让人受不了。垂钓的时候也没有什么特别的衣着、贵重而无用的渔具。每年开渔日的前夕他一点都不兴奋。只要有根钓竿，一根双股棉线，一个精工彩绘的浮子，几条从自家园子里挖来的虫子做钓饵和一个盛鱼用的帆布袋，就够了。不过凡尔奈先生确实喜欢钓鱼，非常喜欢；自从因为种种理由摒绝了其他运动之后，他就爱上了这个。

渔期开始之后，他几乎每天从早到晚钓鱼。他钓鱼经常是在一个地方。别的钓鱼人很讲究风向、日照、水色，凡尔奈先生可一概不管。他手执一根榛木钓竿，沿着荣讷河，信步走去，不想再走远了，就停下来，撒开窝子，放好钓竿，独自度过一段快活辰光，一直到该回家吃午饭或是晚饭的时候。凡尔奈先生不是个任性的人，从来也不借口钓鱼，随随便便在外面胡乱吃一顿饭。

就是这样，上个礼拜天（这是开渔的第一天），一清早，他急急忙忙赶到河边，坐在草地上（而不是坐在折叠小凳上）。

他自得其乐，消磨时光。他觉得这个早晨十分惬意，不仅仅是因为垂钓，还因为他此刻呼吸着一份清新空气，因为他望见荣讷河上波光粼粼，看着许多高脚蚊子在水面上滑动，聆听蟋蟀在身边歌唱。

实实在在，钓鱼令他非常愉快。

一会儿，他钓了一条鱼。

对凡尔奈先生来说，这不是一个特别的意外收获。接下去他又钓了不少！他这人很知足，并不热衷于捞到鱼虾，不过每一回既然有鱼咬钩，总得把他拉出水面。凡尔奈先生起竿时总还是有点激动，这从他换食饵时手指的那份颤动中看得出来。

凡尔奈先生打开口袋，然后把那条鲍鱼放在草地上。也不好说："什么，这才是条鲍鱼啊！"有些大个头的鲍鱼上钩时甩动得这么猛烈，把钓鱼人都搅得心旌摇荡，无法自已。

待他心里平静下来之后，又拿起钓竿甩到水中，但是，不知为什么（他永远也不会说），他并没有把鱼放进袋里，他的眼睛直盯着这条鲍鱼。

他这是第一回，仔细端详他刚刚钓到的鱼！通常，他总是赶忙提起竿子继续钓鱼（他们在等待着呢），今天，他却好奇地凝望着鲍鱼，过了一会儿，仿佛更觉惊异，后来竟感到有些惶惑不安。

鲍鱼，蹦了几下，也乏了，一动不动地侧着身子躺着，除了喘息的些微气力，看不出还有一丝活气。

他的双鳍紧紧贴在背上,嘴一张一闭地直翕动,下唇抱着两根须子,好像老人嘴边的长须,渐渐地,呼吸变得困难起来,甚至上下颚都难碰上了。

"糟糕,"凡尔奈先生说,"他快断气了。"

他又说了一句:

"断气了!"

这是一个新迹象,既清楚又意想不到,是啊,鱼死的时候都很痛苦;人们起初不会想到这一点,因为鱼不说话。他们什么表示都没有。鱼是沉默的,这话对。你瞧那份临死时的挣扎,鲍鱼好像还在轻轻跳动呢!

为了看活鱼怎样死去,必须像凡尔奈先生那样凝神注视才行。只要你不想到死的痛苦,那行;可是你一旦想到呢?

我自己明白,凡尔奈先生心里想着,我不行;我感觉自己会把这项调查做到底的;指望合乎逻辑的愿望是无法抗拒的:害怕落下笑柄这个念头也不能阻止我。所以我在停止打猎之后,就钓鱼!有一天,在打猎的时候,在我又一次犯下了罪过之后,我暗自思量:你有什么权利做这个呢?回答是现成的。人们很快就意识到折断山鹑的翅膀和野兔的腿多么令人恶心。当晚,我砸烂了我的枪,从此再不杀生。捕鱼尽管丑恶,看来还不那么血腥,但如今竟使我心里如此激动。刚想到这里,凡尔奈先生突然发现丝线在水面上游动,仿佛在向他挑战。他机械地再把钓竿提起,原来是一条鲈鱼,直挺挺的,带着刺,他像他所有的同类一样贪吃,把钩子都吞到肚里去了,得把他从钩子上取下来,撕开红红的鱼鳃,双手黏糊糊的都是血。

啊！这条鱼流血了，什么都出来了！

凡尔奈先生绕好钓丝，把两条鱼藏在一棵柳树下面，兴许一只水獭会在那儿找到他们，然后溜走吧。

他似乎有点快活，在漫步中堕入沉思。

我简直无可辩白，他想，尽管我可以拿钱买别的肉吃，但我是个猎人，至少我可以吃打到的野味；我吃打来的猎物，又不是为了娱乐而弄死他们。可是凡尔奈先生笑开了，当我把这些僵死的干鱼带给她的时候，甚至不好意思要她用油煎鱼，最后是让猫咪大嚼一通。我满面羞惭，把钓鱼竿子都折断了！

然而，凡尔奈先生手里仍然攥着那根断了的钓竿，他不无惆怅地喃喃说道：

"这一下从此失去生活的乐趣，是不是这样就对？"

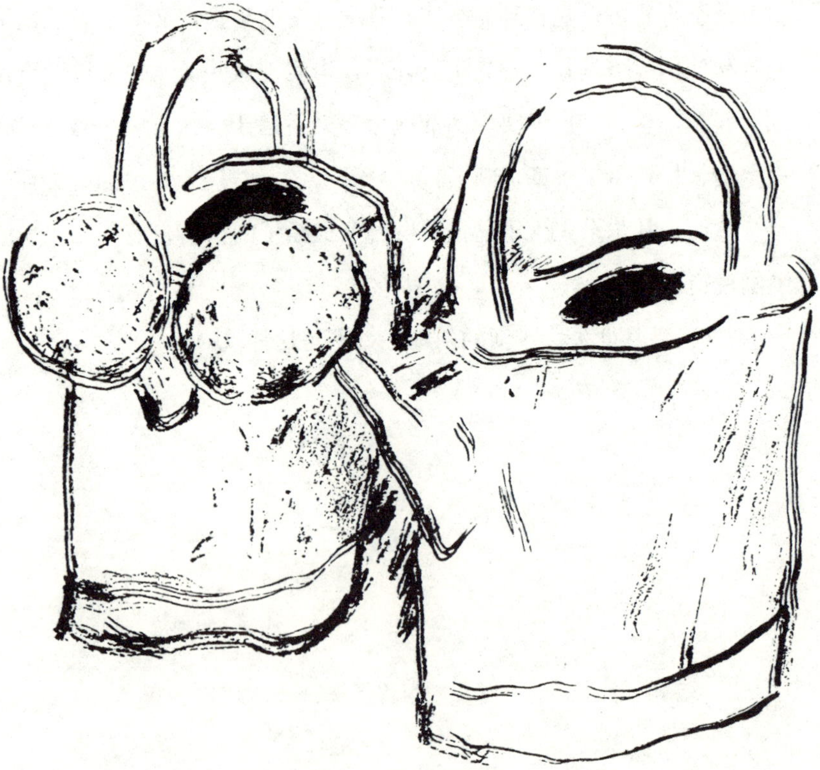

园子里

锹：劳动，就有希望。
十字镐：我也一样。

花丛：今天出太阳吗？
向日葵：出，要是我想。
喷壶：对不起，要是我想，就会下雨，而且，要是我把莲蓬头去掉，那就是一场倾盆大雨。

玫瑰：啊！好大的风！
支撑花木的柱子：有我呢。

覆盆子：为什么玫瑰要长刺呢？一朵玫瑰花，又不好吃。

蓄水池中的鲤鱼：这话对！因为人家要吃我，所以我才用鱼刺刺他。

荆棘：对，就是太迟了些。

玫瑰：你觉得我美吗？

黄蜂：这要看里面。

玫瑰：好，请进来。

蜜蜂：加油！大家都称赞我工作辛勤。我希望本月底升为蜂巢长。

紫花地丁：我们都是学院勋章获得者。

白花地丁：那就更应当谦虚，我的姐妹们。

韭菜：大概是。我夸张了吗？

菠菜：我是酸模。

酸模：不，我才是。

细葱：啊！这气味真难闻！

大蒜：我敢说这准是那棵石竹花。

芦笋：这一切都是我的小指头告诉我的。

马铃薯：我想我刚刚生了几个小家伙。

苹果树（朝对面的梨树）：我想结你的梨子，梨子，梨子……

虞美人

  他们在麦田里熠熠生辉,好像一队小兵丁;他们那壮丽无比的红色并不冒犯别人。

  麦子,他们的剑是长穗。

  风驱使他们奔驰,但每一棵虞美人都停留在田垄边沿(如果他愿意驻留),跟他的同伴,蓝色的矢车菊一道。

葡萄地

所有这些葡萄藤，笔直的支架，都带着武器。

他们等什么呢？今年的葡萄还没有出来，叶子倒可以供雕像使用。①

---

① 西方古典裸体雕塑上常常雕一片叶子，以遮盖私处。

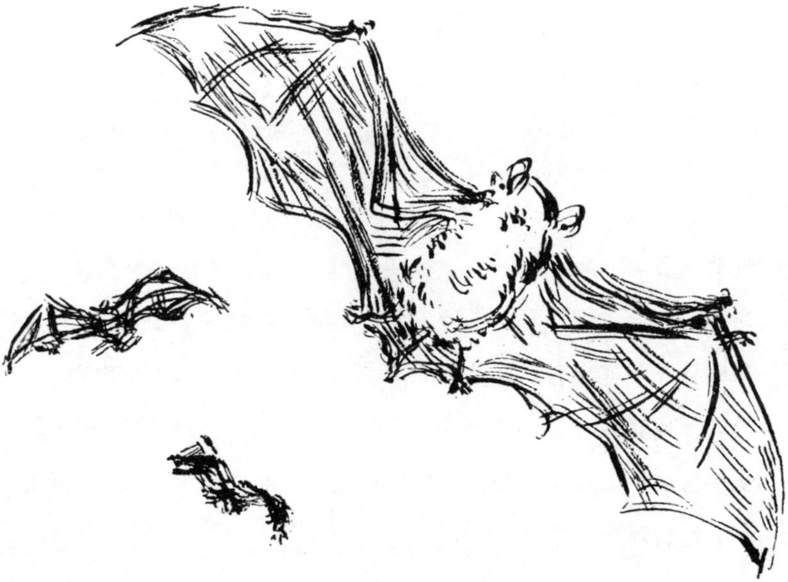

蝙　蝠

夜消歇了。

在夜的高处，那星空一点也不显得黯淡。夜像一袭长裙曳地，在石子和树林之间拖曳着，在肮脏的沟渠和潮湿的地窖深处拖曳着。

没有任何角落不笼罩着夜幕。荆棘刺破夜幕，寒冷使夜幕开裂，污泥使夜幕腐烂。每天早晨，当夜幕卷起，这时枝头上一簇簇破布的轮廓清清楚楚浮现出来。

蝙蝠就是这样降生的。

由于这个来源，她们受不了阳光的照耀。

太阳下山了，当我们纳凉的辰光，单用一只脚爪挂着睡眠的她们才又从老屋的梁木上飞起。

她们那歪歪斜斜的飞翔使得我们不安。她们展开用骨架支撑、没有羽毛的双翼，在我们周围不住地振荡。她们用耳朵辨别方向，却很少用那负了伤的无用的眼睛。

我的女朋友捂住脸,而我呢,我掉过头去,以免碰上这不洁的东西。

听人说她们会用比我们的爱情更大的热忱,吮吸我们的血,一直到死。

这话说得多么夸张!

她们并不坏。可她们从来感动不了我们。

她们是夜的女儿,只讨厌亮光,她们总是用她们小小的、阴森森的披肩轻轻擦过,去寻觅灯火,把它吹熄。

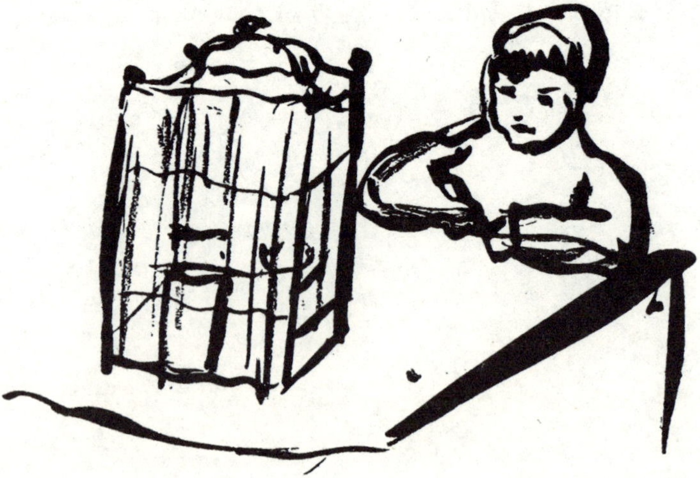

没有鸟儿的笼子

费利克斯不明白为什么要把鸟儿关在笼子里喂养。

"这就跟摘花一样,"他说,"是个罪过。我可不想把鸟儿关在里面生活,鸟儿,天生就应该飞翔。"

他也买了一只笼子;他总是把它挂在窗户上。他在笼子里放上一个棉絮做的小窝,一小盅谷子,一小碗不时更换的清水。里面还摆了一个秋千架和一面小镜子。

有人惊奇地问他,他说:

"每回我望着这只笼子,我就为自己的慷慨大度感到高兴。我可以在笼子里放一只鸟儿,让他自行飞去,笼子空着。如果我愿意,比如画眉,比如娇艳的灰雀,跳跳蹦蹦,或者其他任何种类的鸟儿都可以拿来观赏。不过,这些鸟儿中任何一只都是自由的。他们永远是自由的。"

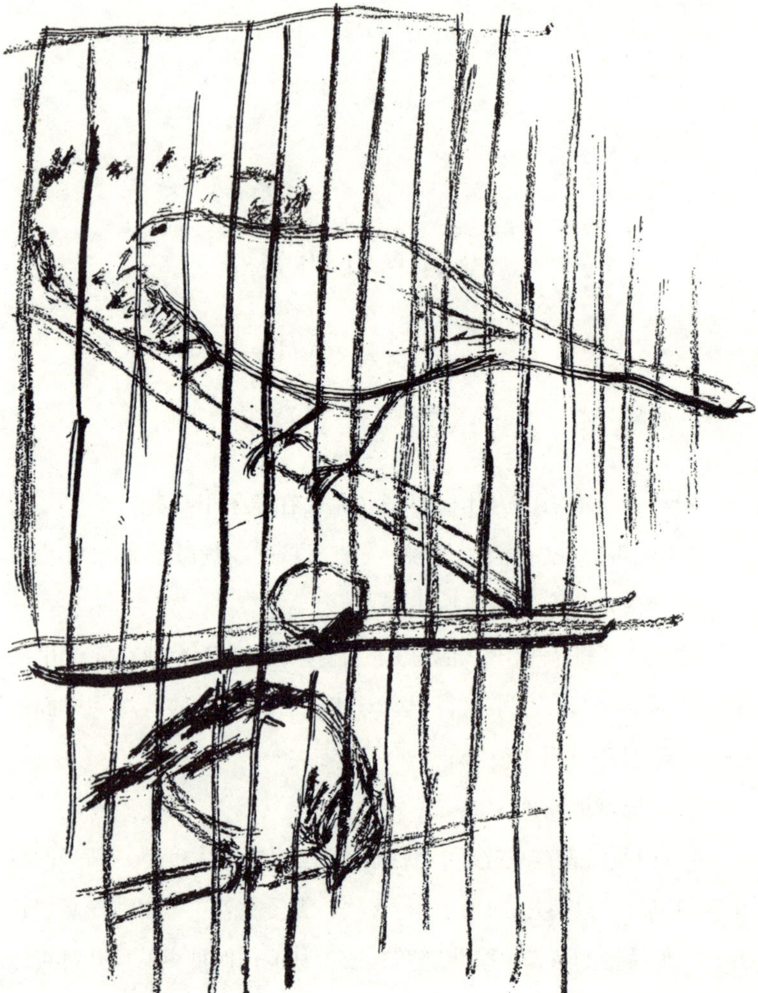

金 丝 雀

我怎么会想起买这只鸟儿的呢?

卖鸟的人对我说:"这是一只公的。等一个礼拜他熟悉了,会唱歌。"

可是,完全相反,这鸟儿执意一声不响。

我往他的大口杯里盛满谷子,他用嘴乱啄,啄得四处飞溅。

我拿了根绳子把一块饼干系在两支细棍上。他却只啄绳子,对着那块饼干猛推猛扑,拍打得饼干掉了下来。

他在清水里洗澡,喝自己浴缸里的水。他在里面随便拉屎。

放在笼子里的那块松糕,他以为是专供他这类鸟儿做巢用的,于是他本能地蹲在糕上。

他不懂得生菜叶子的用途,只顾把叶子扯碎了玩。

当他真正去啄一粒谷子、准备吞下去的时候,真的一副可怜相。

他把谷子噙在嘴里，从这边滚到那边，碾压它，把它咂碎，像个没了牙的小老头似的，直扭动脑袋。

那块糖对他毫无用处。是不是一颗石子、一座阳台或是一张不实用的桌子，使他心惊？

他倒挺喜欢他那些个小木块。有两块重叠着，交错在一起。我望着他跳上跳下真感到心烦。他仿佛不留痕迹的钟那样又机械又呆板。他这样跳跃有什么乐趣呢，有什么必要呢？

如果他停下这无聊的操练，一只脚栖息在他紧紧夹住的小棍上，他的另一只脚就机械地探索着这同一根小棍。

冬天来临，人们点燃起火炉，他以为是春天了，换毛的季节到了，于是他脱尽羽毛。

我的灯花猛然一爆，打扰了他的夜晚，把他的睡眠时间都搅乱了。黄昏时分他上了床。我让夜幕笼罩在他的周围。兴许他在做梦？蓦地我把灯靠近他的笼子。他又睁开眼睛。怎么！天亮了吗？他又迅疾地开始活动起来，欢欣鼓舞，连连啄着叶子，张开尾巴，舒展着翅膀。

可是我把灯吹熄了，我没有看到他那目瞪口呆的样子，真遗憾。

不久我就对这只怪别扭的、默不作声的鸟儿感到十分乏味了，于是我把他从窗口放了出去……他从来不知道该怎么运用笼子外面的这份自由。谁只要一伸手就能捉到他。

千万别有人把他再给我送回来。

要是有人送回来，我不只是不给任何报酬，我发誓不认这只鸟儿。

燕　雀

在那个谷仓屋顶头，有只燕雀在歌唱。他不断重复着他传统的音调，停了一阵子又唱，他的双目凝望前方，迷茫的眼神连面前这粗大结实的谷仓都分辨不出了。这儿所有的石块、干草、梁和瓦片的生命仿佛都从这鸣禽的嘴边流泻出来。

要不就让谷仓自己吹个口哨，吹出一阕乐曲来吧。

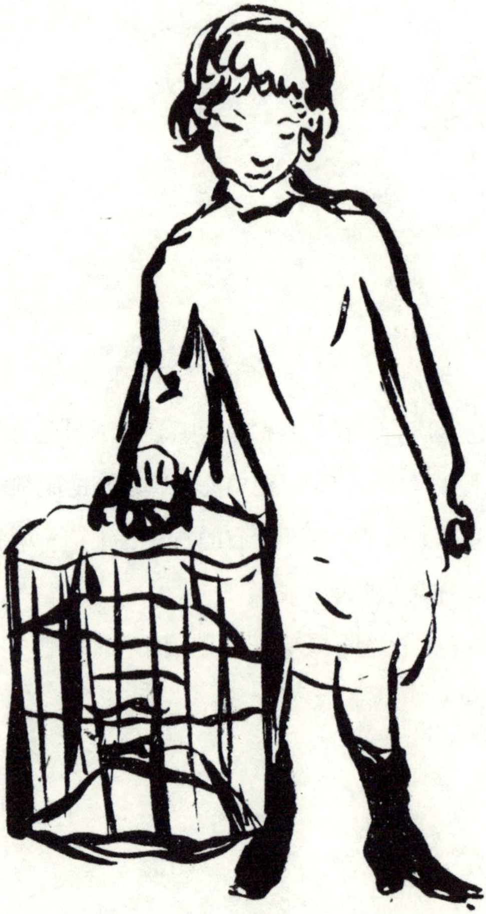

金花雀的巢

在我们家那棵樱桃树的枝丫上,有个非常好看的金花雀巢,饱饱的,圆鼓鼓的,巢外面点缀着长长的羽管,巢里面铺满了柔软的绒毛。巢里刚孵出四个小雏儿。我跟爸爸说:

"我真想把他们取下来喂养。"

父亲常对我说在笼子里养鸟儿是一桩罪过。可是,这一回,大概也嫌尽是重复这些话有些厌烦了吧,他没有搭腔。几天后,我又对他说:

"要是我想,这很容易办到。我先把鸟巢放在一只笼子里,然后把笼子挂在樱桃树上,这样母鸟可以隔着鸟笼喂食,直到雏儿不需要喂的时候为止。"

父亲听了我说的这个方法一言不发。

于是我把鸟巢放进笼子,笼子挂在樱桃树上,我早先设想的情况果然出现了：老金花雀毫不迟疑地、满嘴满嘴地把小毛虫喂给小雀。我父亲也像我一样高兴，远远地观看他们欢快地飞来飞去，翅膀上沾着血红和硫黄色泽。

有一天我说：

"小鸟儿已经长得相当大了。他们一旦自由了，那就一定会乘风飞去的。好，让他们一家子再团聚最后一夜吧，明天我要把他们取回屋里，挂在窗口，我要让您相信世界上没有多少金花雀比这侍弄得更好的了。"

我父亲也没有说不同意的话。

第二天，我发现笼子里空空的。那天我讲那些蠢话时，父亲也在场。

"我可不是好奇，"我说，"不过，我倒想知道究竟是哪个傻瓜打开过这鸟笼的门！"

黄　鹂

我对他说：

"给我这颗樱桃。"

"好。"黄鹂回答。

他把樱桃给了我，可是就跟这樱桃一道的，还有他一年中吐出了三十万个害虫的幼蛹。

麻　雀

我坐在园子里的那棵榛子树底下，谛听着树叶、虫子和禽鸟发出的各种声音，整棵树却毫不知晓。

树静悄悄的，连我渐渐靠近他都漠然无知，因为我也像他一样沉默不语。一直到我离开，他才活跃起来。

首先到来的是一只金花雀，他在榛子树丛里飞来飞去，在叶片上到处啄啄，没察觉到我就飞走了。随后，一只麻雀飞来，停在我头顶上方的枝丫上。

尽管他羽毛丰满，但还很幼小。他似乎飞得累了，脚爪抓住树枝，一动也不动。稚嫩的小嘴叽叽喳喳叫个不停。他看不到我，我却长时间凝望着他。我该活动了。觉察到有人，麻雀才稍稍振了一下翅膀，随后又安然敛翼，一点也不惊慌。

不知道为什么我会机械地站起，伸出手来，轻声地呼唤他。

麻雀

麻雀猛一侧身,从枝头飞到我手上。

我感到一阵激动,就像一个人突然发现自己身上具有一种前所未知的魅力,就像一个爱做梦的人无意间朝着一个陌生女子微笑,而看到对方也在微笑。

在我手上充满自信的麻雀,拍着翅膀,保持平衡,鼓起小嘴准备大嚼一顿。

我让全家人都来观看这个情景,他们一个个惊叹不置。这时我的小邻居拉鲁尔跑过来,好像要寻找什么。

"啊!是您逮住了他?"

"是呀,老弟,什么鸟儿我都抓得到。"

"这是从我笼子里逃出去的,"拉鲁尔说,"一早我就在找他。"

"什么,这是你的鸟儿?"

"正是。我已经养了一个礼拜,他开始能飞远了,而且都已经'养家'了。"

"原来是你的雀儿,拉鲁尔,不过,你可不要让他跑了,要是再给我抓住,我准会掐死他:他吓了我一大跳!"

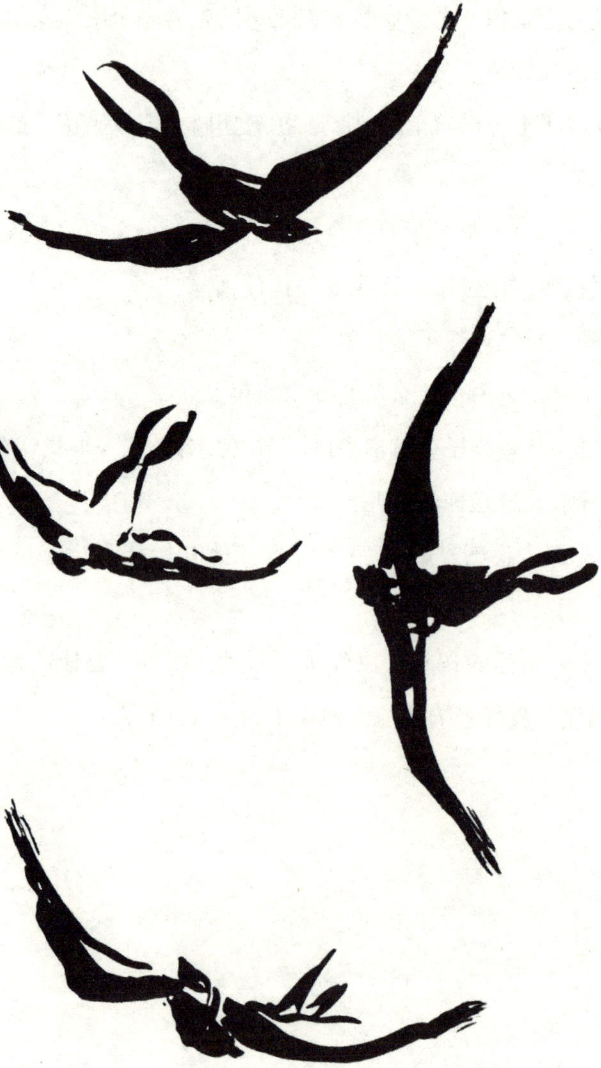

燕　子

一

她们每天都来给我上课。

一声声呢喃在空中画出无数虚点。

她们引出一根直线,到顶头猛然一顿,蓦地又另起一行飞去。

飞得太快了,花园里的水塘都无法临摹下她们掠过时的影子,她们从地窖一跃就登上阁楼。

她们用轻盈的翎毛笔,把那谁都无法模拟的签名花草,一挥而就。

然后,一对对地,她们画一个大括弧,晤面,聚合在一起,在天空的蓝色底板上,落下墨迹。

可是充满友情的目光还追随着她们,如果你懂得希腊文和拉丁文,而我,我认识烟囱上的燕子在空中描画出来的希伯来文。

二

燕雀——我看燕子很蠢:明明是树,她却以为是烟囱。

蝙蝠——别人说什么都是白费,就拿我跟她相比吧,她飞得最差劲:大白天,她都会迷路;要是她像我一样,夜里飞翔,她随时得摔死。

三

在我面前,十几只白肚子的燕子上下翻飞,凭着一份令人不安的热情和沉默,从这鸟笼似的、有限的空间掠过。

我亲眼看到这些忙碌的女工在完成一项紧张的织造工作。

她们发疯似的在这千万遍掠过的天空寻找什么呢?她们是想找一处遁逃薮吗?她们是否在向我告别?我一动不动,只感觉到轻风的一丝凉意,但我真害怕,怕这些狂热的人儿碰撞着什么会让她们粉身碎骨。不过,她们以一种令人气馁的敏捷,猛然间一下子消逝得无影无踪。

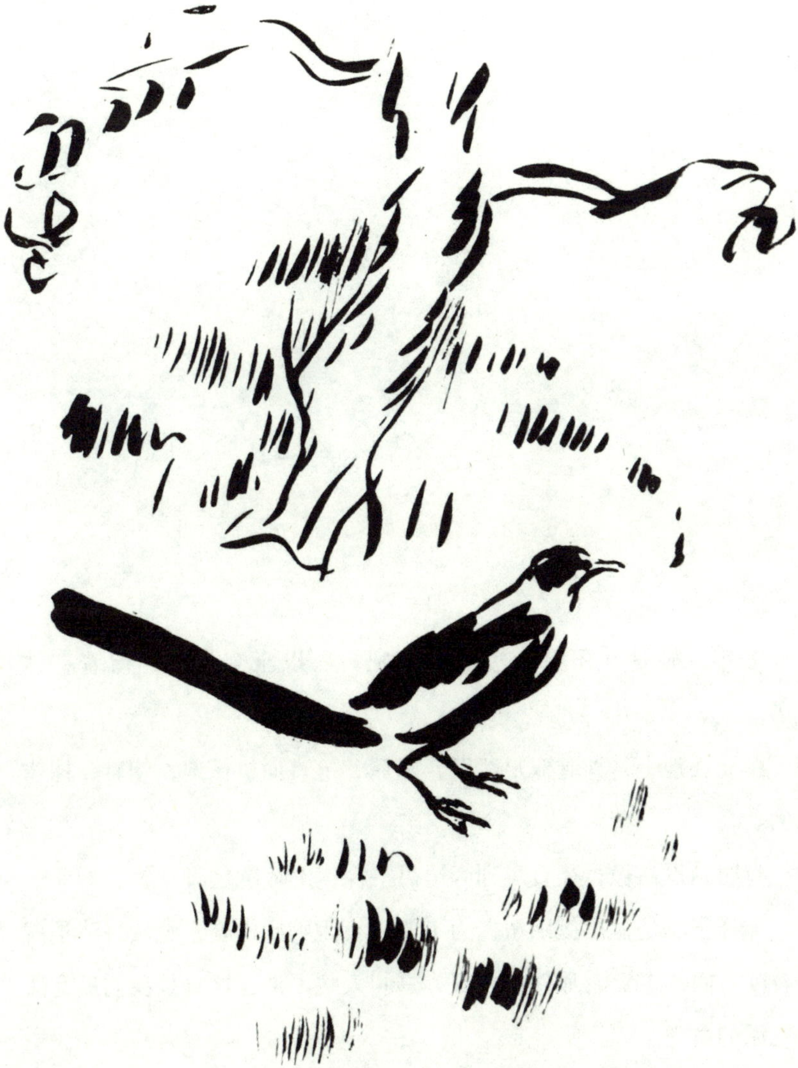

喜　鹊

一

　　去年，她是在田野上过的冬天吧，所以至今身上还留着一抹残雪。

　　她立在地上，并起双足跳跃，随后，笔直而机械地，朝着一棵树飞去。

　　有时她没站稳，径直飞到旁边另一棵树上才歇住脚。

　　那样子总是显得挺别扭，为了要一直闲聊到夜晚，她从一清早就穿着晚礼服。老穿着那件燕尾服，真叫人吃不消，这真是我们最有法国气派的禽类。

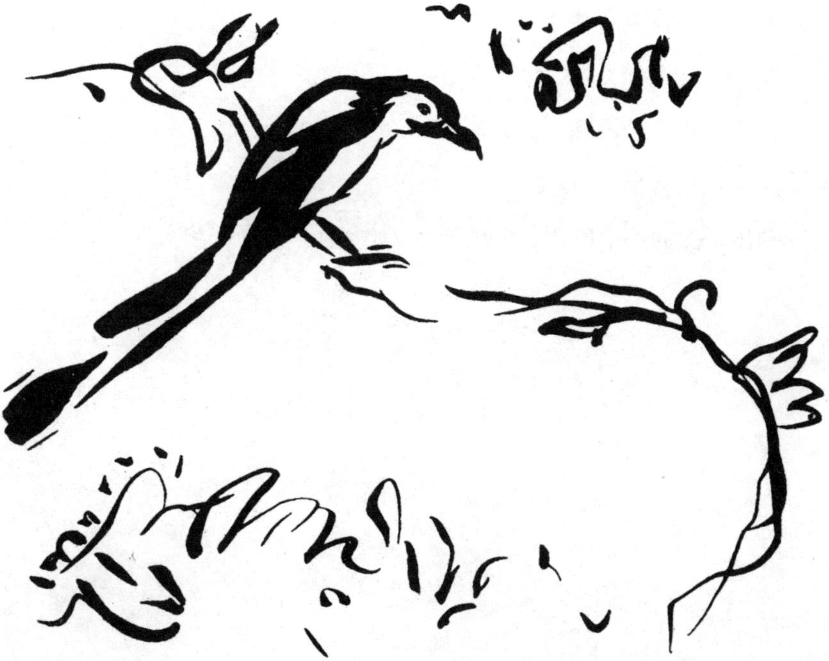

二

喜鹊：喳喳喳喳喳喳。

青蛙：她说什么？

喜鹊：我不是说话，我在唱歌。

青蛙：咯咯！

鼹鼠：上面不要吵闹，我们没法工作啦！

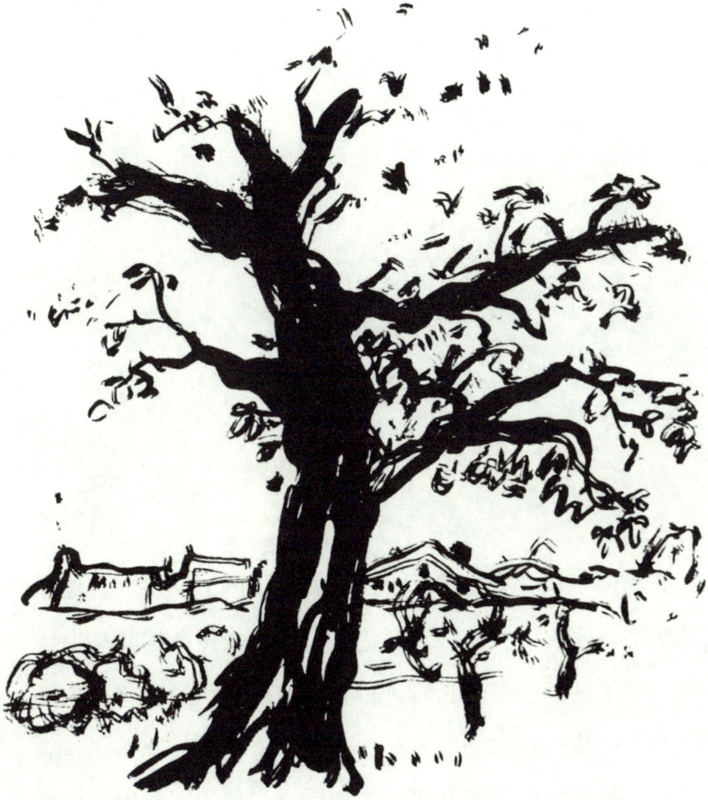

乌　鸫

一

在我家园子里，有一棵几乎已经死去了的老胡桃树，他那模样简直叫那些小鸟害怕。只有一只黑色的鸟住在他稀疏的叶丛中。

可是园子的其余部分长着许多繁花披离的小树，树枝上栖息着无数五颜六色的快乐轻盈的鸟儿。

这些年轻的树似乎老是在笑老胡桃树。他们不时地给他扔过去一群聒噪的小鸟，好像一连串地在拿话嘲弄他。

麻雀、椋鸟、山雀和燕雀，轮番地过去骚扰。他们用翅膀碰撞他的枝梢。到处响起一片啁啾、喧嚣。然后又一溜烟飞走了，于是另一帮讨厌的家伙又从小树上向他袭来。

他们蔑视他,"喳喳"直叫,发出啸鸣,直嚷得声嘶力竭,爱怎么搞就怎么搞。

从清晨到黄昏,就这样,像射过去多少讽刺的言语一样,燕雀、山雀、椋鸟和麻雀从无数小树丛中向老胡桃树猛冲。

但是偶然老胡桃树也生气了,他摇晃着树梢,把宿在上面的黑鸟抖搂下来,回敬了一句:

"乌鸦!"

二

松鸦:可怜的乌鸦,你怎么老穿着一身黑!

乌鸦:区长先生,我可是只有这套衣裳。

鹦　鹉

　　好啦！在从前动物不会说话的时代，他算是具备了某种特长，而现在，所有的动物都有了这份能耐。

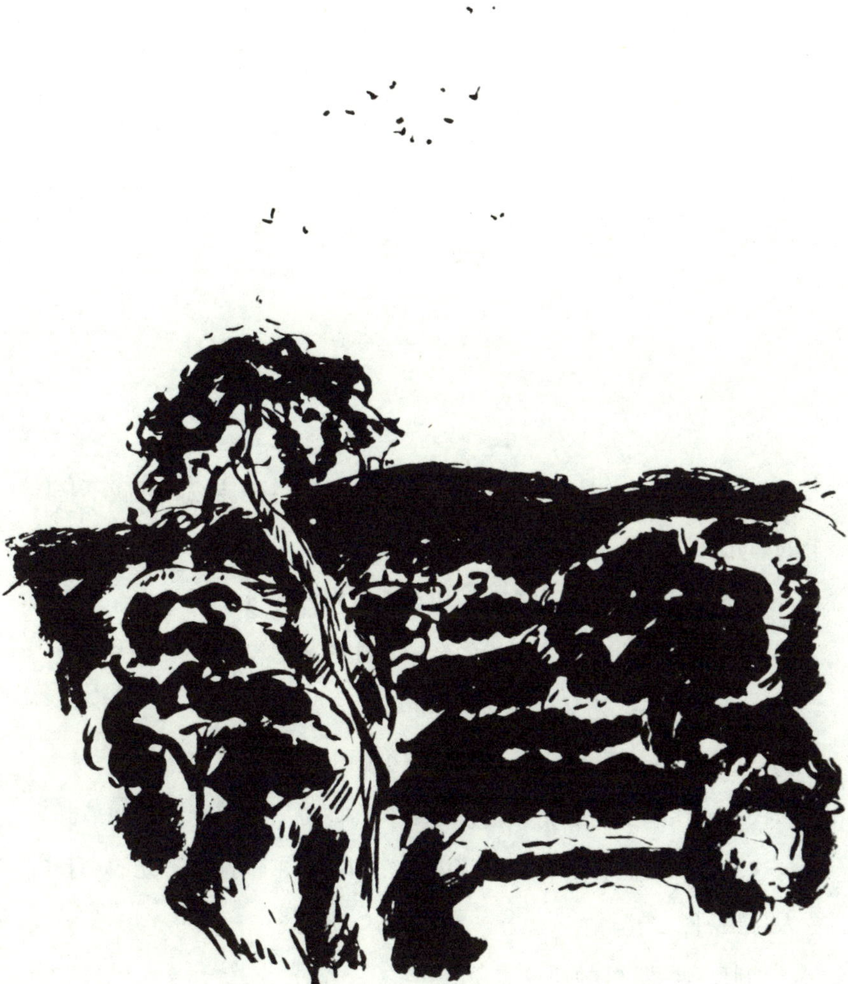

云　雀

　　我从来没有见过云雀,尽管我黎明即起,也是徒然。云雀不是地上的鸟儿。

　　从今天早晨起,我就踏着泥块和干草到处寻觅。

　　一群群灰色的麻雀或鲜艳的金翅鸟在荆棘篱笆上飘来飘去。

　　松鸦穿着区长礼服在检阅树丛。

　　一只鹌鹑从苜蓿地上掠过,在空中画出一道笔直的墨线。

　　牧羊人比妇女还要精巧地打着毛线,他身后跟随着一色的羊群。

　　这一切都浸润在清新的朝晖之中,即使从来不预报吉兆的乌鸦也令人含笑。

　　听吧,像我这样倾听吧。

　　您听见,在那上面,某个地方,金杯里正在捣碎一颗颗水晶细粒吗?

云　雀

谁能告诉我云雀在哪里歌唱？

如果我仰望苍穹，太阳光会烧灼我的眼睛。

我只好不去看她。

云雀生活在天上，在天上的飞鸟中，唯有你，歌声闻于人间。

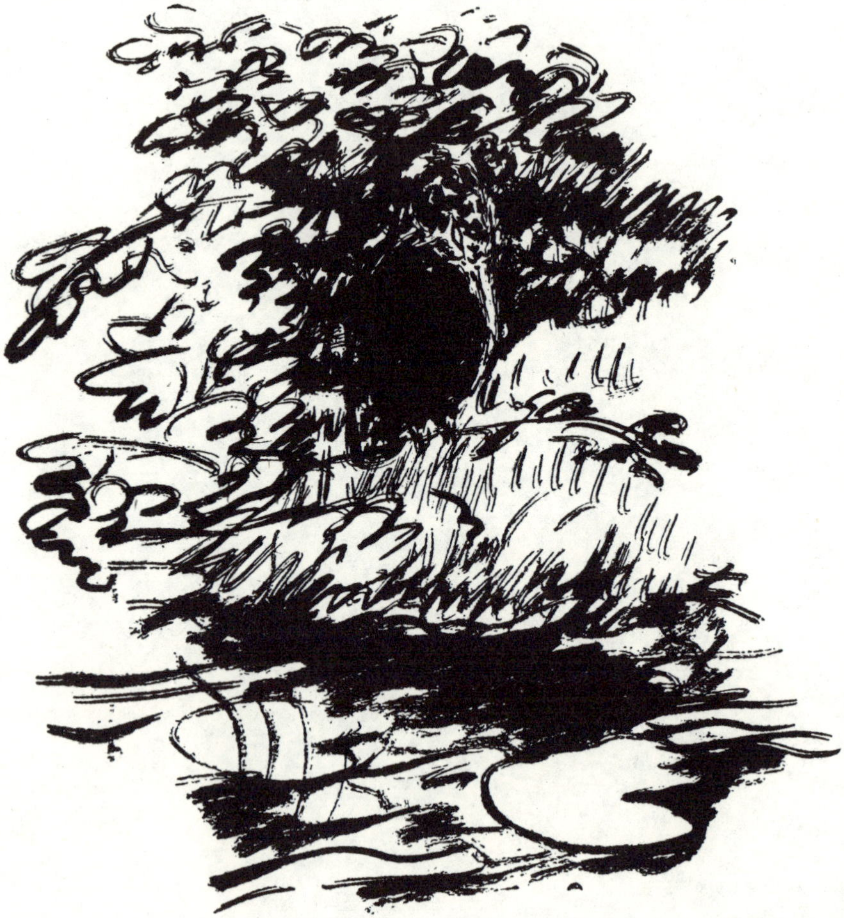

翠 鸟

今晚,鱼不上钩,但是我带回家一份不寻常的激情。

当我端着钓竿的时候,一只翠鸟飞来栖息在钓竿上。

没有什么鸟儿比他更光艳夺目的了。

仿佛一朵蓝色大花开放在细长的枝梢上。钓竿被他压得有点弯曲。我屏气静息,看到我的钓竿被翠鸟当作树枝,感到十分自豪。

我相信他的惊走不是因为惧怕,他只以为是从一根树枝跳上了另一根树枝。

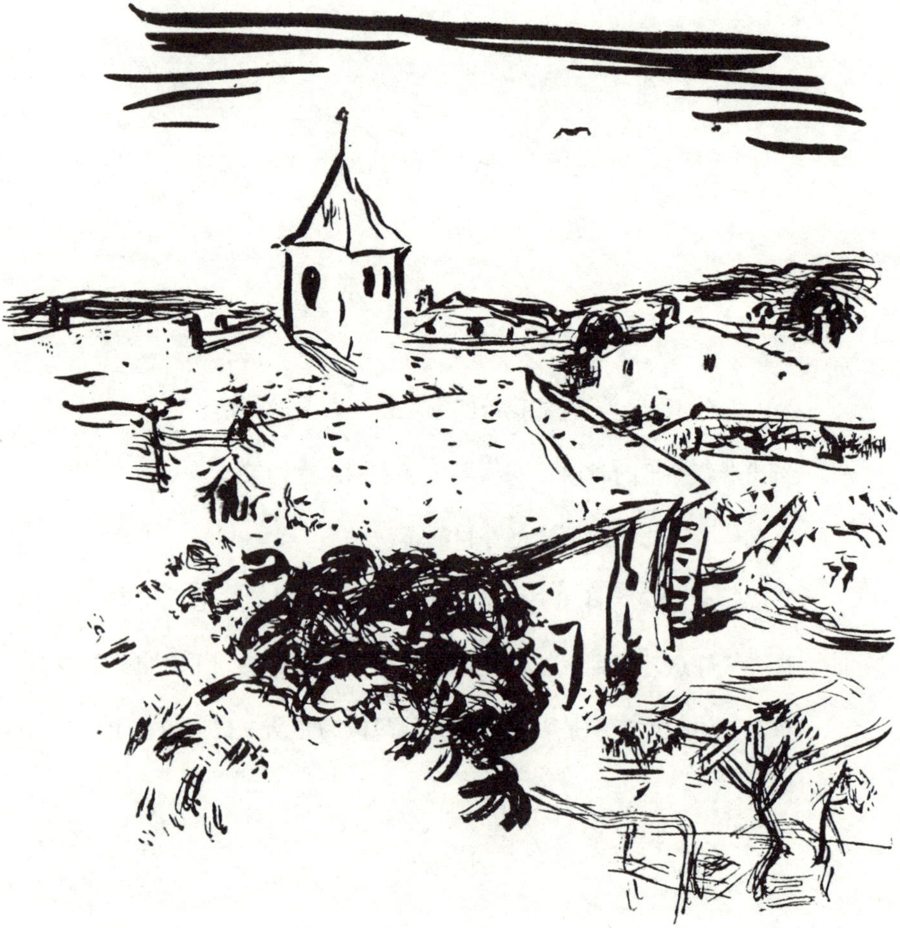

雀　鹰

开初他在村庄上空画圆圈。

远远望过去不过是一只苍蝇，一个煤烟子。

越飞越近，他渐渐大起来了。

有时他定住不动。家禽都发出惶惑不安的信息。鸽子返回屋顶上了。一只母鸡，用急促的声调呼唤幼雏，只听见警惕性最高的鹅群在家禽棚之间"嘎嘎"地直叫嚷。

雀鹰犹豫着，仍然在同样的高度上翱翔。兴许他只是跟钟楼上那只雄鸡[①]有点过不去。

简直像有根线把他悬在天际。

蓦地，线断了，雀鹰直栽下来，快击中他的猎物啦。这可是一幕

[①] 当作风信仪的风向鸡。

悲剧。

可是，真令人惊讶，他还没着地就顿住了，仿佛他浑身轻捷得失去了重量，接着他一振翅又升上了天空。

他看到我在家门口侦伺，看到我躲在那儿，在我身子后面，有个长长的闪光的东西。

鹡鸰

　　她跑起来就跟飞一样,老是在我们的双腿中间,亲昵,无法阻挡,她那细碎的鸣声,不住地逗我们跟在她尾巴后面走。

松　鸦

俨然田野里的一位大区区长。

乌　鸦

一

田垄上的一个重音符。

二

"呱？呱？呱？"
"平安无事啊！"

乌 鸦

三

群鸦飞过一望无际的蓝天,倏然间排头的一只慢下来,在空中兜圈子,后面的伙伴都跟着他旋转起来。他们已倦于长途跋涉,像舒开衣裳那样,展开翅膀,仿佛正在跳一支圆舞曲。

乌鸦
你一直在向鸟儿们预告灾祸。

拉封丹

我拿起枪击落了这只乌鸦。

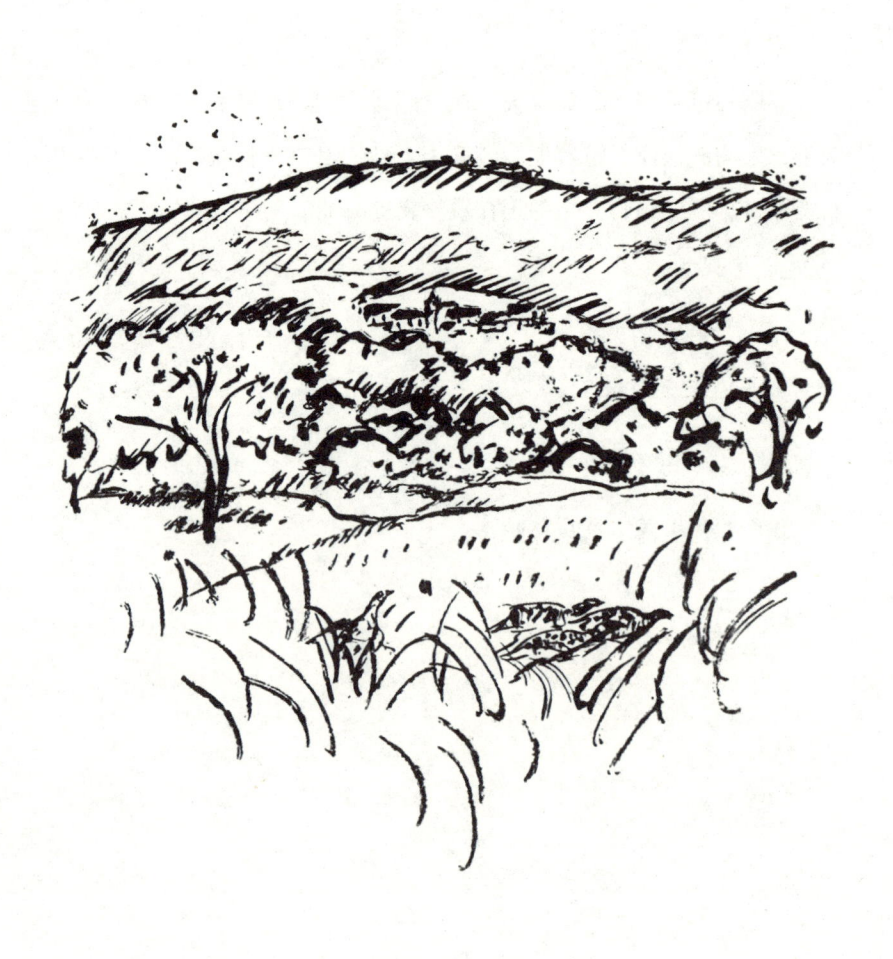

山　鹑

山鹑跟庄稼人和平地生活在一起，庄稼人在犁后头，山鹑待在紧邻的苜蓿地里，他俩总保持着一定的距离，互不干扰。山鹑挺熟悉庄稼人的声音，任他怎么叫喊、詈骂，她心里都不害怕。

犁铧"咯吱咯吱"作响，牛"咻咻"地喘气，驴放开喉咙大叫，她知道这没什么。

然而这份平静气氛被我破坏了。

我一到，山鹑就飞起了，庄稼人也不安宁，牛也不行，驴也不行。我开了一枪，我这个讨厌的人造成了多少喧嚣，整个大自然都给搅乱了。

这些山鹑，起初被我从残余着麦茬的地里赶出去，随后又被我从苜蓿地里赶出去，后来，又被我从草地里，沿着篱笆，从树林的一角赶出去，再后来呢……

忽然，我停下来，汗流浃背，我大声叫道：
"啊！野东西，尽让我这样跋涉奔波！"
我老远就瞥见草地中间那棵树脚下有点什么。
我走近篱笆，放眼一望。
我仿佛看见树荫底下有只鸟儿，脖子高高耸起。我的心跳加快了。这草丛中一定有不少山鹑。那只母山鹑听见我走近，一声招呼，小山鹑都卧倒了。母山鹑也伏下身去，只有脖子还昂着，她在守望。那脖子一动不动，我怕弄错，因此犹豫着不向树根开枪。

这儿那儿，围绕着大树，有不少黄色印迹，是山鹑还是一堆土块，真使我有点眼花缭乱。

如果我把山鹑轰起，树枝肯定会挡住我开枪的视线，我真想贴地面开它一枪，也顾不得犯下正规猎人所说的"谋杀"罪行。

但是被我看作山鹑脖子的那个东西总是纹风不动。

我观察了好久。

如果这真是一只山鹑，那么她这份镇定、警觉功夫就真了不起，其余的山鹑都学她的样，真配合这位守望者，一动都不动。

我做了个假动作。我把整个身子隐藏在篱笆后头，我不再去窥视了，因为我凝望山鹑多久，她也同样盯住我看多久。

现在我们俩彼此都看得见，四处，死一样的寂静。

然后，我又再注视她。

啊！这一回，我拿稳了！山鹑以为我不在，高高地昂起脖子，随即蓦地把头一缩，这一下可暴露了自己。

我慢慢地把枪托贴上我的胸膛……

晚上，又疲惫又厌倦，在进入一个猎物丰富的美梦以前，我想起这一天所打到的山鹬，我想象她们正度过怎样的夜晚。

她们陷于一片慌乱之中。

为什么有的会不在了呢？

为什么有的会痛苦地啄着自己的伤口，站立都站立不稳了呢？

为什么人们已经开始叫她们害怕了呢？

现在，当她们一落地，那放哨的鸟儿就发出警报。快走，赶快离开草丛，离开这片麦茬地。

快快地逃吧，甚至听到平素熟稔的喧声，她们也感到胆战心惊。

她们不再跳跳蹦蹦、到处嬉游了，她们不吃也不睡。

她们什么也不知道。

如果把一只受了伤的山鹬身上落下的羽毛插在我引以为豪的猎帽边沿，我决不觉得这过于张扬。

自从下雨太多或是天气太干旱之后，我的狗什么也嗅不出来了，这样我射击起来越来越不准确，而山鹬也变得难以接近了，我相信自己是处在正当防卫的状况下。

有些鸟类，如喜鹊、松鸦、乌鸦和画眉，富有自尊心的猎人是不打的，我这个人就挺有自尊心。

我只喜欢打山鹬。

她们非常机灵！

她们这样机灵，就是我还没有到呢，老远就飞开了，不过我还是抓得住她们，教训她们一番。

她们往往等猎人走过去，这才从身后展翅飞起，飞早了猎人会折回。

或者她们躲在浓密的苜蓿丛中，而猎人却径直走去。

或者是飞一个弧圈形，但是这样她们反而越来越靠近。

或者只跑不飞，当然她们跑得比人要快，不过还有狗呢。

或者在人们把她们冲散之后互相鸣叫召唤，可是她们这也就唤来了猎人，对于猎人来说，没有什么比她们的歌声更悦耳的了。

这对年轻的伴侣已经开始单独在一处生活了。这天晚上，我从一块耕过的田地边沿走过，偶然撞见了他们。他俩紧紧偎依着比翼腾起，我开枪打死一只，另一只也倒栽下来。

一只什么也看不见了，早已丧失了感觉，而另外一只还能看到自己的伴侣死去，并且也感到自己即将死在她的身边。

他俩，在大地的同一个地方，遗留下一点爱情、一泓鲜血和几滴眼泪。

猎人只发了一枪，却打下了两只鸟儿：你快回去告诉你家里的人吧。

一窝雏儿被消灭了，去年的两只老的还互相爱抚着不减青春，我也不猛追他们。偶然，被我打死一只。随后我又寻找另外一只，也被我击中了，多么可悲！

这一只有一只脚已经折断，耷拉在那儿，就好像被我用一根线系着似的。

另外一只起初还随着别的鸟儿飞翔，直到她的翅膀支撑不住了；她挣扎着，尽在地上扑腾，奋力在狗的前面快跑，轻捷地滚入犁沟中间。

这一只头上中了一个铅子儿。她离了群，冲上天空，晕头转向，飞得比树林、比钟楼顶上的风向鸡还高，朝着太阳飞去。猎人心里万分焦灼，一会儿就望不见鸟儿了，正在这时候，那鸟儿由于脑袋沉重，终于栽了下来。她收敛双翼，嘴先着地，像一支箭。

那一只落下，了无声息！好像人们驯狗时扔给狗的一块碎布。

那一只，枪声一响，仿佛一只小船似的微微一晃，翻倒下去。

谁也不知道这一只是怎么死的，那创伤隐藏在羽毛底下吧。

我连忙把鸟儿放进了我的猎袋，就像是我害怕被瞧见，我怕她看到我似的。

不过我一定得掐死这只不愿死去的鸟儿。她在我的手指之间空搔着脚爪，张着嘴喙，她那细巧的舌头在不断颤动，但是在她的眼睛上，就像荷马所说的，正降下一层死亡的阴影。

那边，庄稼人听见我的枪声，不禁抬起头来望着我。

这个在田间劳动的人才是审判者呢；他将要跟我说话，他将用他沉重的声音使我因此而感到惭愧。

可是不，有时我碰见的是一个挺喜欢嫉妒的庄稼人，他因为自己没有像我这样行猎而感到恼火；有时却是一个我最爱跟他逗趣的正直的庄稼汉，他指给我看被我打中的山鹑落在何方。

我从来不曾遇到一个大自然意志的愤怒的代言人。

今天早晨,我跋涉了五个小时,又回到家里,我猎袋空空,只顾耷拉着脑袋,拖着一支沉重的枪。天气闷热得像快起风暴了,我的狗也疲惫不堪,在我面前碎步走着,他沿着篱笆,经常在树荫下面坐坐,等等我。

忽然,当我穿过一块青翠的苜蓿地的时候,他跌倒了,他匍匐在地下,定定地不动,像植物那样;只有尾巴上的毛还颤动不已。果然,就在他的鼻子底下有好多山鹑。山鹑紧紧地挤在一起,躲风,躲太阳。她们看见了狗,也看见了我。兴许她们认出了我,直惊愕得动弹不得。

我从迟钝中猛醒过来,我准备好,等待着。

我的狗和我,我们都不先动。

蓦地,几乎是同时,这群山鹑飞了:身子紧贴在一道,仿佛一只鸟儿。我赶忙对着鸟群就是一枪,像一拳打过去似的。其中一只被击中了,旋转着滚下来。狗跳过去,给我衔来鲜血淋淋的半只山鹑。另外一半被密集的铅子儿打烂了。

好吧,我们并不是一无所获!狗欢跳着,我得意扬扬地摇晃着身子。

唉!我的屁股上真该挨一枪!

丘鹬

一

四月的太阳,在静止不动的云雾中间,只剩下一片浅红的余晖了。

夜幕从天边升起,渐渐笼罩着我们,这时,我父亲正在林间一块不大的空地上等候丘鹬到来。

我站得离他不远,但是他的脸我已经看不清楚了。他的身躯比我高大,也几乎看不到我,狗在我们脚边,但也看不到,我只听见他在不停地喘息。

画眉急急忙忙回到树林里,乌鸫拖着喉音在啼叫,这种马嘶似的长鸣仿佛在给所有的鸟类发号施令:安静些,不要聒噪,该睡觉了。

丘鹬马上就要离开她那枯叶堆叠的小屋,高高飞起。天气暖和,就像今天晚上,她略略犹豫了一下,然后俯瞰身下这一片平原大地。她在森林上空盘旋,寻觅伴侣。人们只要谛听她轻盈的呼喊,就猜得出她是走远了还是靠近。她在巨大的橡树之间沉重地翱翔,她的长喙下垂,如此低昂,看上去仿佛她撑着一根小杖,在空中漫游。

正当我凝神聆听和张望的时候,父亲突然开了枪,狗应声窜出去了;可是父亲并没有跟他走过去。

"你没有打中吧?"我问。

"我根本没有开枪,"他说,"我手上的枪走火了。"

"它自己走火的?"

"对。"

"啊!……兴许是碰上一根树枝了吧?"

"我不知道。"

我听到他在退空火药夹子。

"刚才你是怎么拿枪的呢?"

当真,他不明白?

"我问你刚才枪口是朝哪一边的?"

他不回答,我也不敢再问下去。终于我对他说:

"你几乎打死……这条狗。"

"我们走吧。"我父亲说。

二

今晚,细雨初霁,天气特别暖和。我们五点钟出发,到达林莽。我们在树叶上踏过,直到夕阳西下的时候。

狗在低矮的树丛中窜来窜去,多绕了不少路程。它会嗅到丘鹬吗?

狩猎者若是个诗人,也没什么。

黄昏匆匆来临,人们各就各位的时间还太早。人们守候在树底下,守候在林中空地边沿。蓦地几只斑鸫和乌鸫快速地飞出来,掠过我的心,枪管焦躁地不停晃动。哪怕一点点声息都让我非常激动!我耳鸣,眼睛雾蒙蒙的,时间过得真快啊……糟了,已经迟了。

今晚一只丘鹬也没有出来。

诗人啊,你总不能在野外过夜吧!

回家;因为夜里天黑,抄个近路吧,你将走过湿漉漉的草地,你的鞋子会踩碎鼹鼠营造的软软的小窝。你回到家里,对着晶亮的灯光,烤烤火吧。没有打到丘鹬,这也不必怨艾。

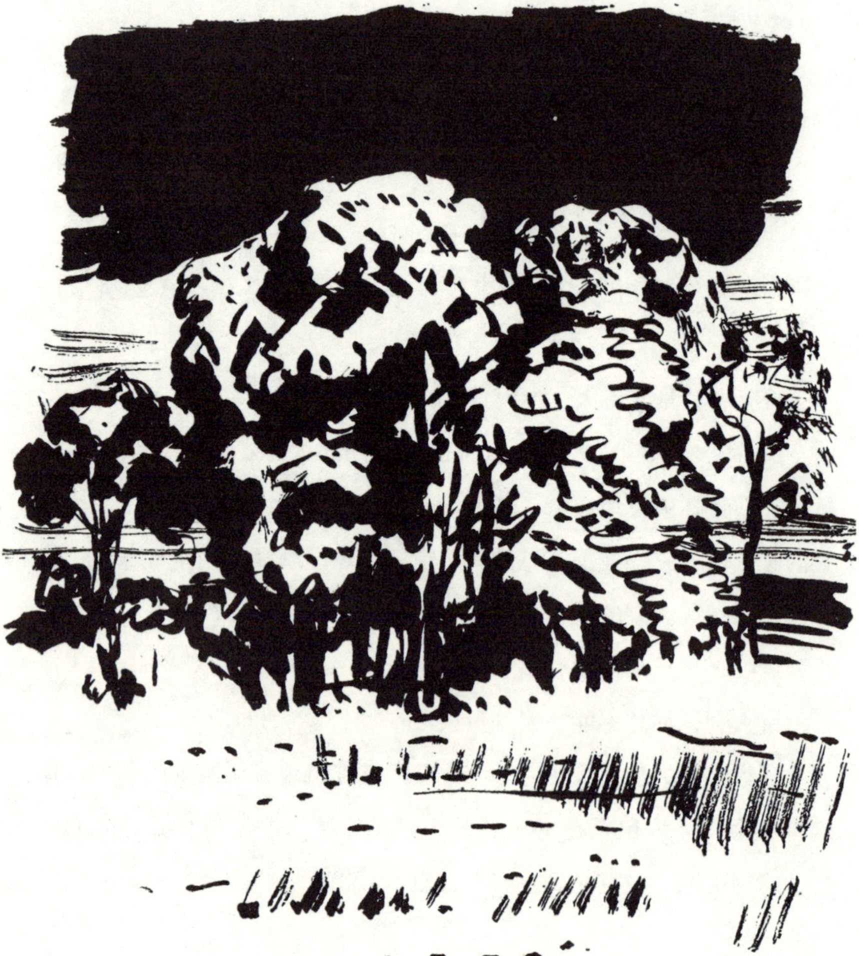

一个树木之家

穿越了烈日暴晒下的一片平原之后,我遇到了他们。

他们因为不爱喧闹,所以不住在大路边沿。他们居住在荒芜不毛的旷野,俯临一泓唯有飞鸟才知道的清泉。

远远望过去,他们仿佛密不透风,无法进入。但等我一走近,他们的树干就豁然分开。他们谨慎地欢迎我。我可以休息、纳凉,可是我觉得他们仿佛在注视我,对我并不放心。

他们聚族而居,最年长的在中间,幼小的,其中有些柔嫩的叶片才刚刚生出,到处都是,永不分离。

他们活得久长,不易死去;即使老死的还挺立着,直至化为灰烬倒地。

他们那些修长的枝柯互相抚摸,像盲人一样,以确信大家都在。每当狂风劲吹,想把他们连根拔起,他们就横眉怒目,挥动手臂。平时他们只是和睦地轻轻细语。

我感到这里才是我真正的家。兴许我将忘记我的另一个家吧。这些树木将会逐渐接纳我,而为了不负这份雅意,我学会了应当懂得的事:

我已经懂得凝望浮云。

我也懂得了守在原地不动。

我几乎学会了沉默。

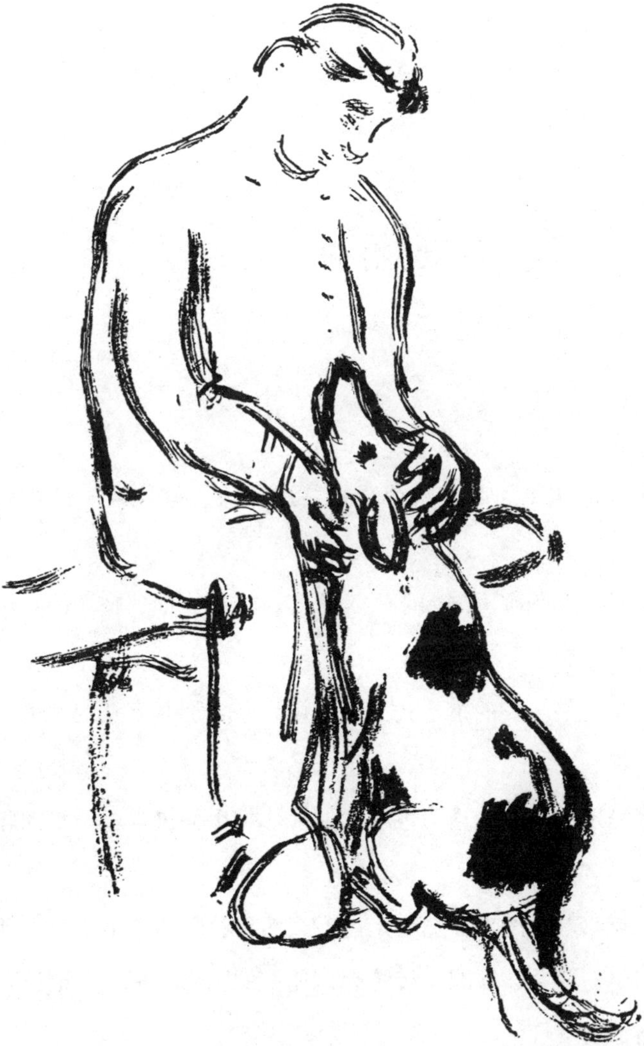

罢猎的一天

  这一天真叫人乏味，灰色而短暂的一天，好像两头都给截断了似的。

  中午时分，阴沉沉的太阳透过浓雾，半露出他那黯淡的眸子，但一会儿又合拢起来。

  我信步走去。我的枪于我已经无用，平日那么癫狂的狗也不离开我的身边了。

  河水呈现出萧索的透明色泽：如果你把手伸进水里，水像碎玻璃那样刺人。

  我在新收割过的麦茬丛里走过，突然在我眼前冒出一双迟钝的云雀。他们乍一会合，立即盘旋腾起，他们的飞翔几乎一点也没有惊动这里凝结了的空气。

  远处，大群大群的乌鸦用喙在地里翻掘秋季的谷种。

三只山鹑站在草地中间，茸茸的短草已经遮不住她们的身影了。

她们长得多大了啊！现在已经变成了真正的妇人。她们不安地在谛听。我已经看到她们了，不过我没有打扰她们就径自走开。大概有个什么地方，一只本来在浑身颤抖的野兔，现在安下心来，又把鼻子放在了窝边。

沿着这块篱笆（这儿那儿最后的几片叶子拍着翅膀好像脚被扣住了的鸟儿还在挣扎），我走过时一只乌鸦腾空而起，准备飞到较远一点的地方去，随后又从狗的鼻子下面飞起，居然在嘲笑我们。

逐渐地，雾气更浓了。我简直像迷了路。我手里的枪只不过是一根会爆炸的棍子。这阵空泛的喧嚣，这"咩咩"的羊鸣，这阵钟响，这份人叫唤的声音是从哪里传来的呢？

该回家了。我经过一条荒凉小径，又返回村子里。只有他知道这村子的名字。辛勤朴实的农民住在村子里，除了我，再也没有人来看望他们。

新　月

月亮的指甲又长长了。

夕阳西下,人们都走回家去:月亮出来了,悄无声息地跟在人后头。

月亮又出来了,人们在黑暗中等待,心里颤动,快活地望着她,不知道要跟她说什么好。

大块大块的白色云絮奔向一轮圆月,好像一群熊朝着一大块蜂蜜蛋糕猛扑过去。